Ponte Aérea

Luis Cosme Pinto

Ponte Aérea

Coleção
NOVOS TALENTOS DA LITERATURA BRASILEIRA

São Paulo 2010

Copyright © 2010 by Luis Cosme Pinto

PRODUÇÃO EDITORIAL Equipe Novo Século
PROJETO GRÁFICO E COMPOSIÇÃO S4 Editorial
CAPA Equipe Novo Século
FOTOS DA CAPA Vania Delpoio
AYRTON360.COM
PREPARAÇÃO DE TEXTO Camila Balthazar
REVISÃO DE TEXTO Alexandra Resende

DADOS INTERNACIONAIS DE CATALOGAÇÃO NA PUBLICAÇÃO (CIP)
(Câmara Brasileira do Livro, SP, Brasil)

Pinto, Luis Cosme
Ponte aérea / Luis Cosme Pinto. – Osasco, SP : Novo Século Editora, 2010. – (Coleção Novos Talentos da Literatura Brasileira)

1. Crônicas brasileiras. I. Título. II. Série.

10-12594 CDD-869.93

Índices para catálogo sistemático:
1. Crônicas : Literatura brasileira 869.93

2010
IMPRESSO NO BRASIL
PRINTED IN BRAZIL
DIREITOS CEDIDOS PARA ESTA EDIÇÃO À
NOVO SÉCULO EDITORA LTDA.
Rua Aurora Soares Barbosa, 405 – 2º andar
CEP 06023-010 – Osasco – SP
Tel. (11) 3699.7107 – Fax (11) 3699.7323
www.novoseculo.com.br
atendimento@novoseculo.com.br

Dedico *Ponte Aérea* às minhas filhas
Luisa e Lorena.
Foi com elas que tudo começou.

Sem a ajuda e o amor da Carol,
este livro não estaria pronto.

Muita gente leu e me ajudou com palpites, críticas, sorrisos, vírgulas, pontos, parágrafos e incentivo. Ana Paula Padrão, Bia Alessi, Carlos Dorneles, Lucius Mello, Marcia Mello, Mariano Boni, Marislei Dalmaz, Patricia Carvalho, Sergio FC: vocês nem sabem como foram e continuam sendo importantes para mim.

Muita mais gente não leu, mas torceu porque gosta de mim, como os meus pais: Edgar e Therezinha, e meus irmãos: Pedro, Roberto e Beth.

Sumário

Parte 1 – FLAGRANTES — 13

Por acidente — 15
Quarto de hotel — 20
Dedicado a você — 23
Cartas — 29
Caro leitor — 34

Parte 2 – DESAMORES — 37

Martini, ou um brinde ao Marcelo, o dono da garrafa — 39
Cotovelo machucado — 43
Armário — 48
Boa vizinhança ou muro que cai — 51
Primeiro Amor — 55
Cinderela — 58

Festa do Caranguejo	62
Questão de gosto	66
Uma tarde, uma Gata	71

Parte 3 – SAUDADES CARIOCAS   75

Argentino	77
A batalha dos croquetes	81
Bifes voadores	84
Síndicos	88
Avós	92
Chuva de outono	98
Beco com saída	101
Bandeira branca	104
Os economistas	110

Parte 4 – VIDA PAULISTANA   117

A estrela incendiária	119
Martelada	**123**
Doutor Murilo	128
Na rede	134
Fox preto	**138**
De novo	142
A malandragem de ser honesto	146
Acordes	149
Quarenta	153
Acadêmicos	157

Domingo de chuva   162
Amigas   166

Parte 5 – VIAGENS   171

Ponte Aérea   173
Trem alemão   176
Embalos germânicos   181
Passeio   185
Epílogo   189

Parte 6 – APETITE   195

Cabrito carioca   197
Pão nosso de cada dia   201
Papo de bar   205
Almoço   210
Maionese e requeijão   214
Sopa de pedra   219

PARTE 1

FLAGRANTES

POR ACIDENTE

Ela tem sempre uma novidade para contar. E o melhor, quando não tem, inventa. Faz curso de meditação, estuda astrologia, viaja para Lençóis Maranhenses, assina revistas de turismo, de qualidade de vida, aplica no mercado financeiro, ou seja, não falta assunto.

A conversa é repleta de descrições precisas e bem-humoradas. Minha amiga é uma especialista em contar histórias e tem uma técnica muito peculiar de torná-las engraçadas. O segredo é preencher a narrativa com detalhes, mas eles só entram se forem divertidos e surpreendentes. Nem todos são exatamente verdadeiros, não aconteceram do jeito que ela narra, mas a versão é sempre mais rica que o fato, ela gosta de repetir.

Noite dessas, essa amiga me acordou sem sequer me dar tempo de perguntar as horas. Era um acidente na Avenida Sumaré, me informava com a voz alterada. A Sumaré é uma autopista que cruza vários bairros movimentados de São Paulo. De dia é congestionada, mas de madrugada é disputada por jovens que vão para lá ver quem cruza mais rapidamente seus quatro quilômetros. No Rio, chamam de pega, em São Paulo é racha, mas em qualquer lugar do mundo é uma tentativa simultânea de suicídio e homicídio.

Bem, ela me dizia que estava saindo de uma "balada" quando se viu diante de uma cena insólita. Eu pergunto se ela precisa de ajuda, mas ela pede, com riso contido, para eu esperar. Sussurrando, alega que tem de se afastar alguns passos para explicar. Estou nervoso com o acidente, irritado porque sonhava, impaciente com a demora, e agora revoltado com o riso dela. Qual é a graça?

Mas mau humor ali não cola e ela continua:

— Você não vai acreditar, a ambulância está levando embora o Super-homem, a Mulher Maravilha, que parece apenas tonta e não corre risco. Já o Batman sofreu um corte no supercílio, nada grave.

Por um momento penso que é um pesadelo, mas ela fala sem parar e acendo a luz. São 5 horas e a descrição ganha detalhes, os tais detalhes.

O carro dos três super-heróis bateu na traseira de um caminhão de lixo. Minha amiga vinha em outro veículo e acompanhou tudo. Viu quando os lixeiros, já refeitos do susto, tentaram enxergar quem estava lá dentro, mas os vidros escuros não deixavam.

Eles abrem a porta do motorista e aí sim levam um supersusto com os super-heróis. O Super-homem é enorme, musculoso e está uma fera. Amedrontados, os lixeiros se entreolham. Um deles esfrega rosto, o outro aperta o nariz e pergunta à minha amiga se ela está vendo o mesmo que ele.

O Super-homem reconhece a culpa, os garis se acalmam, mas minha amiga se agita. A contadora de casos se aproxima da Mulher Maravilha em busca de uma explicação, mas a moça pede o celular emprestado e liga pedindo ajuda.

Eu imploro, mais curioso que cansado:

— Quem são essas pessoas? Era uma filmagem? Um comercial de TV?

— Nada disso — ela explica. — O grupo vinha de uma festa à fantasia. Parece que o carro preto do Homem Aranha e do Zorro escapou por pouco.

Ela respira fundo e prossegue:

— O mais incrível é o que está acontecendo agora.

— O quê? — eu grito.

— Está se formando um pequeno congestionamento, os carros param do outro lado e os motoristas vêm ver as vítimas em seus trajes inusitados. As pessoas estão paralisadas, não sabem se riem, se oferecem ajuda, se é uma dessas pegadinhas de programas de televisão.

Respira fundo...

— Espera aí, espera! Vou ter que parar, acaba de acontecer algo ainda mais inacreditável.

— Hã? — É só o que consigo dizer atordoado.

— A mãe da Mulher Maravilha acaba de chegar, e ela não está bem, não. Parece que vai desmaiar. Ih! Desmaiou. Caiu aqui na minha frente.

— O que foi? — Eu já estava me vestindo para ir até lá.

— Seguinte, apurei com a Mulher Maravilha que a mãe não sabia da festa, viu a filha sair de calça *jeans* e camiseta com o namorado, que ela acaba de descobrir que é o Batman. A mãe jaz estirada no asfalto, ela veste pijama de bolinha, pantufa com uma cabeça de coelho na ponta e touca rendada.

Ah, meu Deus, isso tudo rolando a apenas alguns quilômetros da minha casa e eu dormindo. Sinto-me um idiota e suplico:

— Espere, estou indo...

— Não sei se vai dar tempo, mas agora chegou ao local — ela adora se fingir de repórter policial — uma viatura, o numeral é primo, segundo, quadra, sena. É assim que se diz 1-2-4-6 na linguagem da corporação. O guarda não sabe se socorre os elementos ou se leva os sobreviventes para uma averiguação. Essa história de baile à fantasia parece estranha, pode ter droga rolando, melhor registrar um B.O. no D.P. O policial acaba de falar com o cabo Viana, ainda mais sonolento que ele.

Até o nome do cabo ela faz questão de me dizer.

Acelero o carro e, já contaminado pelo policialesco relato, dou o alerta:

— Em três minutos chego ao logradouro da ocorrência.

Ela interrompe:

— Não vai dar tempo...

Chego junto com uma chuva fina, faz frio, e a alvorada lança um brilho prateado sobre o asfalto.

Silêncio.

Nem sinal de polícia ou ambulância.

Nenhum rastro de caminhão de lixo, marcas de freada, super-heróis com suas capas e máscaras.

Embaixo do viaduto reconheço um carro com pisca alerta aceso.

Lá dentro, minha amiga ouve Marina Lima, me dá um abraço apertado, reafirma sorrindo:

— Eu avisei, não ia dar tempo.

— E depois deixa o coração falar. Se eu fosse a Mulher Maravilha, te levava agora para a suíte de um Hotel 5 estrelas.
Fecho os olhos, ela acelera, a chuva aumenta.
É sexta-feira, primeiro de abril de 2005.

QUARTO DE HOTEL

Rosa-choque com fios prateados, a renda vaporosa e esvoaçante bem podia ser de um vestido de festa. Podia, mas não era. É pano de cortina que voa alto. O vento de chuva, que entra pela fresta da janela, invade o quarto, sacode a poeira, dá a volta por cima e por baixo, assobiando apressado.

Esse é o único som do 62, suíte principal com carpete, ar-condicionado e chuveiro elétrico. Tem também televisão e rádio AM/FM. No chão, um cinzeiro vazio. É daqueles de plástico que trazem o nome do hotel com telefone, endereço e até CEP, como se algum hóspede mandasse uma carta querendo saber quanto custa um período de duas horas ou fazendo uma reserva para daqui a quinze dias.

Pontas de cigarro e cinzas se espalham, entram por baixo da cama, fazem companhia ao copo de cerveja também tombado. O telefone descansa fora do gancho, ninguém ali dentro precisaria dele. O que tinham para falar e ouvir seria dito sem palavras, olhos nos olhos. Seria prometido, depois jurado, e por fim sacramentado entre dois corpos suados.

O olhar de nosso espectador sobe de novo, encontra em cima da cama outros fragmentos de uma noite de amor: toalhas molhadas se misturam aos lençóis, anunciam beijos que, claro, começaram embaixo do chuveiro, atravessaram o quarto, mergulharam na cama. O visitante reage com indiferença ao brinco de argola, desprezado ao pés da cama. Tem mais para ver e investigar.

Por ali, ao que tudo indica, ficaram até que a noite se despedisse, ouviram os sons da rua anunciados pelas primeiras buzinas, o garçom batendo na porta ao lado, o chuveiro do vizinho. O olhar sobe mais e agora descobre que rosa é também a cor das paredes, do teto, das luminárias.

Garrafas vazias de cerveja sugerem uma noite longa. Ao lado delas, pendurada na maçaneta da porta, uma calcinha. Teria sido esquecida? Não, não é possível que a dona tenha ido embora sem ela! Seria essa uma prova de paixão avassaladora, sair correndo com o homem de sua vida e deixar para trás até a calcinha? Ou ela ainda não teria saído?

O olhar curioso, e agora já angustiado, vai mais além e pela porta entreaberta do banheiro. Percebe primeiro uma luz difusa e, depois, no espelho ainda embaçado pelo vapor do chuveiro, uma imagem. A vista se aperta em busca de mais nitidez. A inglória tarefa é a de não querer acreditar no que se está vendo. Pois agora já é possível distinguir um vulto refletido.

O 62 não está vazio. Lá dentro do banheiro – também rosa — veem-se cabelos e olhos molhados, e parte de um corpo esguio e curvado. Então o que parecia cenário abandonado de uma noite de paixão é agora a lembrança viva de um amor desfeito. As testemunhas? A cortina de plástico do boxe e a ducha Lorenzetti.

E com ele, o amante-fujão, o que teria acontecido? Por que essa saída intempestiva? E se ele tivesse descido apenas para comprar cigarros? A ideia é imediatamente descartada. O serviço de quarto do La Vie en Rose não ia falhar. Lá fora, o dia já tinha ido embora, a noite era sem lua ou estrelas. Escura, era capaz de roubar e esconder para sempre o amor que, agora a pouco, parecia eterno.

Isso tudo nosso espectador não vê, nem viu. É só imaginação de quem perdeu o sono de várias noites planejando uma foto que se transformaria em capa de CD. Uma dessas ideias que morrem minutos depois de nascer, sepultada pelos idiotas da objetividade, diria Nelson Rodrigues.

— Romantismo lado B, bom para os tempos dos LPs — rejeitou já estressado o executivo da gravadora.

Cazuza e Tim adorariam, nosso idealizador disse a si mesmo, mas o CD, ainda sem nome, vai ter na capa uma foto digital do pôr do sol em Ipanema com montanhas e amendoeiras, como o cenário feliz de um amor que deu certo. Sem lágrimas, como música de FM.

DEDICADO A VOCÊ

Gostei da frase: "São Paulo se ergue sobre si mesma, se constrói, se destrói, se levanta sobre suas ruínas...". Quem a disse foi um arqueólogo que se referia à velocidade com que novos prédios surgem e enterram o que existia antes. Acredite, até cemitérios já foram sepultados.

Há alguns anos, descobriram resquícios de um cemitério de escravos no bairro da Liberdade. Quem sabe não está aí a explicação do nome do bairro?

Mas São Paulo sempre nos dá a chance de um outro olhar. A cidade tem fortes laços com seu passado. Por exemplo, que outra capital brasileira tem tantas e tão boas feiras de antiguidades?

Minha preferida é a da Praça Benedito Calixto, no bairro de Pinheiros. Aos sábados, pelo menos cem antiquários vendem suas relíquias. Já aos domingos, é dia da feira no vão livre do Masp, o Museu de Arte de São Paulo, na Avenida Paulista. Fui lá procurar qualquer coisa sem saber direito o quê. Como dizia aquele sucesso de Chico Buarque, estava à toa na vida... Mas como a banda não passou nem ia passar, uma prosa com um daqueles antiquários resolveria minha angústia.

Esses senhores e senhoras (aliás, você conhece algum jovem antiquário?) têm sempre um sorriso e sabem a distância exata entre a gentileza e a insistência. Oferecem suas preciosidades e sempre acrescentam uma informação sobre a porcelana, o mármore, o estilo de uma cadeira. Se é verdade ou não é outra história, mas eu faço de conta que é.

Por experiência própria, sabem que menos de 10% dos frequentadores vão comprar. A grande maioria está ali para passear, olhar e, acima de tudo, pegar.

— Tem gente que só sabe observar com as mãos — reclama em tom confidencial o seu Nelson. O vizinho dele vende retratos, discos e postais. Cartões-postais cuidadosamente guardados em caixas de papelão.

Quase todos são de cidades estrangeiras: a Praça Vermelha em Moscou, os canais de Veneza, as livrarias da Charing Cross em Londres. São dezenas, centenas de cartões. Todos antigos e o melhor: escritos!

O vendedor conta que seus fornecedores são famílias que se desfazem dos bens do pai ou de um avô já morto e que não tem onde guardar a papelada. Ele percebe o brilho dos meus olhos e incentiva: que se eu quisesse poderia ler, já levantando e oferecendo-me um banco. Elias, morador do bairro de Higienópolis, é o destinatário de quase todos.

Não sei você, mas eu já tive muita vontade de violar uma correspondência alheia... Estava ali, portanto, a chance de realizar um antigo desejo e sem complicações futuras!

O primeiro é de Paris:

Pai, a cidade é tudo aquilo que o senhor me falou, e muito mais. Estou adorando. Pai, não fica com ciúmes não, mas eu arrumei um namorado. Ele é russo e trabalha num restaurante italiano. Desculpe se demorei a escrever.
Te amo.
Karina.

Agora o cartão vem de Bologna, na Itália.

Querido, daria tudo para ter você ao meu lado agora.
Estou aqui sozinha e sangrando de saudade.
Bologna é linda, respira história e conhecimento.
Mas sem você...
O hotel é Ó-TI-MO,
O tiramissu DI-VI-NO!
O capuccino MA-RA-VI-LHO-SO!
Semana que vem estou de volta.
Louca de saudades, sua Zilda.

De novo a filha, agora um ano depois.

Já visitei o Central Park e os melhores bares de Nova York.
Pai, quero morar aqui, conhecer o mundo, ir a todos os museus, aos shows e teatros dessa capital mundial. Estou maravilhada e muito feliz. Só você mesmo para me mandar para cá.
Mas antes de alugar um canto por aqui, volto a São Paulo, quero cantar parabéns para você e mostrar-lhe o presente lindo que comprei. Quem sabe damos um mergulho em Ubatuba. Lembra quando a gente pegava onda?
O Michael manda um abraço. A gente se conheceu no avião. Posso levá-lo comigo aí para Sampa?
Te amo, te amo. Karina.

Só naquela caixa existem pelo menos mais duas dezenas de cartões. Todos para o Elias. Quem seria ele? Que homem foi esse, tão amado pelas mulheres de sua vida?

Uma história pessoal, mas que revela como a filha confiava no pai, e como gostava de escrever e dividir as emoções mesmo de tão longe. Tão apaixonada, ela conseguia lembrar de Ubatuba em plena *Quinta Avenida*. Decididamente, Elias não era um pai qualquer. E a namorada, sangrando de saudade? Seria possível que Elias pagasse as viagens para que elas conhecessem melhor o mundo e talvez de lá (re)conhecessem o homem de suas vidas? O que faria Elias na ausência delas?

Quase anotei o endereço, mas, pensando melhor, disse a mim mesmo:

— Deixe o Elias quieto. E quieto fiquei.

Nos sebos experimento uma emoção parecida. Vou em busca de dedicatórias, os títulos e autores ficam em segundo plano. Já li despedidas, declarações de amor, conselhos, e às vezes, advertências. Num livro sobre a história do Palmeiras estava lá:

Querido Vitor,
Que você cresça, apareça e aprenda a nunca mais jogar a bola entre as pernas do adversário na frente da área.
Do seu irmão que te adora e ama dizer a verdade.

Estava em meu sebo predileto dia desses, um do bairro do Brooklin, em São Paulo. Na primeira página de *Memórias de Um Cabo de Vassoura*, um clássico de Orígenes Lessa, aquele de *O feijão e o sonho*, e muitos livros dedicados aos adolescentes, li o seguinte:

Marco Aurélio,
Um dia você ainda dá uma vassourada na sua vida e eu vou ler um livro escrito por você, tá?
Assinado Gil.
19/10/75.

Se o Marco Aurélio ganhou o livro com 15 anos, hoje já deve ser um homem de 45. E Gil, era amigo, irmão? Desconfio que professor... Se na época tinha 30, hoje está com 60. A dedicatória foi o convite que faltava para que eu me aventurasse nas páginas amareladas.

Escreve assim o Orígenes, o pai de Ivan Lessa:

A história sobre um cabo de vassoura e suas lembranças

Eu já fui cabo de vassoura, confesso.
Um cabo de vassoura como tantos outros.
Seria longo contar tudo o que tenho passado nesta longa vida, desde que me arrancaram da árvore em que fui tronco e me levaram a uma oficina, onde fui cortado, torneado e mil coisas sofri, até conhecer a nova função que me reservava o destino. Meus irmãos de floresta, muitos cortados comigo na mesma ocasião, depois que deixaram de ser galho ou tronco para ser madeira, que é como nos chamam depois do serrote ou do machado, estão espalhados por esse mundo de Deus. Muitos hoje são caixas e caixotes. Mas triste mesmo, a suprema humilhação para quem foi árvore, é acabar caixão de defunto.

Juntei a fome de ler com a vontade de imaginar e levei para a casa o livro de Orígenes. Fiquei pensando na dedicatória de Gil, no futuro e no passado de Marco Aurélio.

Apertado embaixo do braço, protegido da garoa que chegava, o *Memórias do Cabo de Vassoura* chega são e salvo. Antes de entrar, porém, tiro os sapatos. Vai saber se esses tacos já não foram o tronco principal de um Jatobá?

Quem riu de vento e tempestade, abrigou pássaros e deu tanta sombra, não merece ser humilhado por uma sola imunda de borracha fedorenta.

CARTAS

Quem escreve tem algumas pretensões. A primeira é ser lido. Se gostarem, melhor, mas só de saber que temos leitores, mesmo que seja apenas um, já é uma consagração. A segunda, quase sonho, é que os textos atravessem o tempo e embarquem na aventura da eternidade. Não é o máximo que daqui a décadas alguém leia o que você escreve agora?

Adoro essas histórias em que um neto acha folhas amareladas numa gaveta, às vezes guardanapos com poemas ou crônicas esquecidas do avô-escritor. Aí vem o desafio de reconstituir a história do autor. O que ele fazia naquela época? Estaria apaixonado, perseguido pela censura, dedicado à boemia?

Já ouvi muita gente boa dizer que o que fica escondido, escondido devia continuar. Se fosse bom, insistem, já teria sido publicado. Discordo. Em geral, os escritores são implacáveis e encontram, depois de tanto procurar, mais defeitos do que vírgulas na própria obra. Aí não tem jeito, vai tudo para o fundo do baú.

Eu que nunca havia publicado nada também jamais escondi. Mas guardei cartas — as muitas que recebi e algumas que escrevi —, mas não tive coragem ou vontade de mandar. E você, meu eventual leitor, não se engane. Não há comparação entre um *e-mail* e uma carta. Como é bom abrir uma caixa de correio e, em vez de folhetos de lançamentos imobiliários ou de propaganda de *pizza* com borda recheada, encontrar um envelope manuscrito. Abrir com cuidado contra a luz para evitar o risco de rasgar o papel, com as mãos úmidas de puro nervosismo.

Aí você se senta, lê e relê. Aprendi desde as primeiras correspondências a observar a letra. O jeito como as palavras vão para o papel diz muito sobre quem as escreveu. Depois de algum tempo, é fácil saber se nosso colega de correspondências está tenso, confiante ou apaixonado.

Algumas chegam sem vírgulas, são de puro desabafo, como se o dono da letra quisesse dizer tudo de uma vez só. Aos soluços e solavancos. Como aquele telefonema de um amigo angustiado que precisa contar a história — com todos os detalhes. E mais: nos fazendo prometer que tudo morre ali.

Durante algum anos, essa foi a única forma de comunicação com um grande amigo. Estudamos na mesma faculdade, escolhemos a mesma profissão e mudamos de vida e de endereço mais ou menos na mesma época: eu fui para São Paulo, ele se mandou para o Chile.

Foi para lá em busca de um amor que começou num carnaval em Copacabana e viveu seus melhores momentos num inverno em Santiago. Esse meu amigo era só felicidade. Cartas comoventes contando em detalhes a alegria da nova vida. Logo nos primeiros meses, a gravidez. Um ano de casados, um ano de lua de mel, gostava de repetir. A letra graúda aumentava ainda mais as aventuras do novo emprego. Sem conhecer nada da cidade, agarrou o primeiro emprego, redator do jornal do sindicato dos motoristas de táxi. Ela era cortadora da seleção chilena de vôlei. Até que um dia, em vez das palavras, chega a foto de Diego, um chileninho lindo.

Bastaram alguns meses para que a vida da família e as cartas se transformassem. Meu amigo escrevia agora para contar que não teve tempo nem de entender... Amor desfeito, traição, desemprego, abandono.

Nessa época, eu morava com outro amigo também recém-chegado a São Paulo, o qual dividia o aluguel comigo e as emoções das bem escritas e pontuais cartas das tardes de quinta.

Os relatos eram devastadores, falavam de angústia e de dores profundas. Muito triste para ficar no Chile, envergonhado para voltar, ele simplesmente não sabia o que fazer.

Tínhamos uma semana de folga e decidimos: iríamos juntos, se não para resgatar o companheiro desolado, pelo menos para dar uma força. Fomos sem avisar, apostando na surpresa.

Nosso amigo estava de favor na casa da avó da ex-mulher, na periferia da cidade. No caminho do aeroporto até lá, elaboramos o plano. Já que era para surpreender... Um iria primeiro, o outro ficaria escondido.

Eu fui à frente e embaixo da janela gritei em portunhol:

— *Encomenda de los Correos! Es muy pesada, usted* desce para pegar?

Ele sentiu o impacto, surgiu na janela emocionado, sem acreditar no que estava vendo.

Abraços, risadas, aquela era a maior surpresa da vida dele, repetia feliz. Meia hora depois, enquanto tomávamos um vinho na companhia da avó adotiva, ouvimos um outro grito no mesmo portunhol famigerado:

— *Chegou la segonda parte de la encomenda dos Correos...*

Por pouco ele não caiu da cadeira. Desceu correndo, abraçou o outro amigo e aí chorou de vez.

Para nós três começava uma experiência inesquecível. Durante uma semana, subimos e descemos a cordilheira dos Andes, passeamos pelos lagos, tomamos muito vinho, gastamos o que tínhamos, um pouco do que não tínhamos.

Ele voltou a se sentir vivo, forte, capaz. É verdade que ainda ficou um tempo por lá, mas em seguida voltou, recomeçou a vida no Brasil. Casou de novo, mas sempre que pode, vê o filho no Chile, hoje um adolescente.

Ainda trocamos cartas, mas, claro, nenhuma tão emocionante como aquelas.

Mês passado, meu parceiro de correspondências fez aniversário. Mandei uma carta de parabéns e um livro que adoro: a correspondência de Fernando Sabino e Mario de Andrade. Sabino, quando tinha 18 anos, se impôs o desafio de se aproximar do ídolo Mario de Andrade, escritor experiente e reconhecido. O garoto em Minas, o homem feito em São Paulo.

Nada de telefonemas ou recados. Cartas de lá para cá e poucas daqui para lá. Sabino enchia laudas, Mario economizava, pressionado pela falta de tempo e a economia de palavras que a experiência com as letras ensina a cultivar.

Fernando não tinha medo dos porquês, perguntava bastante, queria saber tudo sobre a vida do escritor que já chamava de amigo. Mario resumia, Fernando esticava, mas os dois se gostavam e a amizade crescia a cada frase.

Li e aprendi com Sabino uma boa técnica para encerrar uma prosa que se prolonga demais.

Ao mesmo tempo que ele se desculpava com o amigo pelos excessos, anunciava o ponto final de forma fulminante.

"Caro Mário, perdoe se me estendi demais, mas tenha certeza: daqui não passo!"

Nem ele, muito menos eu.

CARO LEITOR

Antes de identificar as letras e formar as sílabas, ele já tinha intimidade com as histórias. Na companhia da avó, se aventurou pelas páginas de *Os Três Mosqueteiros*, mergulhou nas *Vinte Mil Léguas Submarinas*, desbravou a ilha de Robinson Crusoé. A dupla não dava moleza. Lia o que vinha pela frente. De caderno de esportes dos jornais à fotonovela; de gibi velho à *Seleções Reader's Digest*.

Aos 6 anos, ele já se orgulhava de revezar com a companheira. Cada um lia uma página em voz alta. Ela ensinava como a entonação podia valorizar crases, acentos, interrogações. E uma lição para sempre: um jeito de ler para o vilão, outro para o herói.

A avó se despediu, ele atenuou a saudade lendo mais.

Gostava tanto das palavras que acreditou quando a professora de português profetizou que quem lê mais escreve melhor. Naquele dia o leitor se viu, quase se leu, escritor. Mas tinha de reconhecer que escrever não era com ele. As frases brigavam entre si. Ele parava, abria um livro, buscava uma ideia, a tal da inspiração, e quando voltava ao teclado o texto deixava de ser ruim para ficar incompreensível.

Aos 18 anos decidiu: queria ser leitor, não escritor. Seria possível viver disso? Poderia decifrar bulas de remédio, manuais de celulares, livros escolares, e, claro, contos, romances, crônicas. Faria o papel de consumidor, daria dicas, tentaria viver do que gostava.

Mas não foi preciso ler em lugar nenhum para saber que a tal profissão não tinha futuro. Mais uma vez, refugiou-se nos livros e neles descobriu novos caminhos.

Adulto, percebeu que podia medir os intervalos do cotidiano em páginas. De manhã, no banheiro, eram cinco. Na cama, antes de dormir, dez. No cruzamento da Rebouças com a Brasil, duas avenidas de São Paulo, mais três. A espera pelo almoço também era de leitura. Filé de frango que ia congelado para chapa garantia oito páginas, a picanha quatro.

Passou então a pedir bem passada e, assim, ganhava mais três minutos, ou duas páginas e meia.

Uma espera no aeroporto também não podia ser desperdiçada. Sem notar, viu que preferia viajar nos dias de maior movimento. No fim de tarde, os atrasos podiam chegar a deliciosas e utilíssimas duas horas, ou meio livro. Nas sessões de cinema chegava com antecedência mínima de meia hora e dava preferência para aquelas salas que mantinham as luzes acesas durante os comerciais.

Quanto mais lia, menos conversava. A mulher, que no início se encantou com o marido sensível e inteligente, não aguentava mais as montanhas de livros pela cozinha, banheiro, até na cama. Um silêncio insuportável, uma indiferença irritante.

Noite dessas tropeçou num livro largado na porta do quarto e, incrível, bateu com o rosto num outro de capa dura já perto do banheiro. Acendeu a luz e viu escrito na capa vermelha com letras douradas, "Crime e Castigo". Chorou de dor e de raiva. Com muito mais raiva do que dor, pegou um por um. No dia seguinte, cometeu o crime e aplicou o castigo. As últimas páginas foram arrancadas de todos os livros. Com gosto, mutilou a biblioteca inteira lentamente. Depois picotou as páginas. Sem pressa, a vingança urdida por tanto tempo foi de uma vez por todas executada. A montanha de papel picado e letras soltas que nunca mais voltariam a se encontrar ficou no meio da sala

No dia seguinte, ela caiu, não no corredor da casa, mas da janela do décimo andar. O delegado decretou homicídio triplamente qualificado. Sem esforço, o policial descobriu que nosso leitor, sem talento para escrever, também não tinha competência para o crime.

Vai ler sossegado pelos próximos trinta anos.

PARTE 2

DESAMORES

MARTINI, OU UM BRINDE AO MARCELO, O DONO DA GARRAFA

Ele não lembra se fazia sol, muito menos se o padre era louro ou moreno, gordo ou magro. Também se esqueceu da gravata que usava, da roupa que a mãe vestia. E a igreja estava cheia ou vazia?

Não viu nada porque só olhou para ela, a noiva. Será que todo noivo era assim? Ele tinha sido e se orgulhava disso. Naquele dia, a mulher mais bonita do mundo era ela.

Extasiado, levou um beliscão para dizer o "sim" e depois, no cartório, só conseguiu perguntar:

— Onde eu assino?

Ela sorria, ficava mais bela e ele mais apaixonado.

Os amigos diziam que depois de conhecê-los passaram a acreditar no casamento, na felicidade.

E todos que se casaram os queriam de padrinhos. O casal se esforçava para manter a fama.

As festas eram um sucesso. Música de primeira, bebida boa, gente bonita. E eles gostavam de festejar, o motivo era o que menos importava.

Quando compraram o antigo quarto e sala no bairro Pinheiros, com a ajuda dos pais dela e o FGTS dele, promoveram a festa da pintura. Os amigos trouxeram rolos, pincéis e galões de tinta. Às 10 da noite, as paredes, mas também um pouco do chão e parte das janelas, estavam pintados. Minutos depois, um respingo na parede, pintaram de novo. Sujaram de novo.

— Um brinde aos brindes! — alguém gritou. E os copos se encontraram mais uma vez. — O Prosecco ganhou da Suvinil!

Vieram outras comemorações, um baile para inaugurar a mobília do quarto, um jantar japonês pela iluminação da sala. Para os armários da cozinha, um almoço.

Nessas festas, todos traziam uma bebida. E foi assim que ela apareceu.

Primeiro escondida atrás de uma dúzia de latas de cerveja, lá no fundo do *freezer*, depois pelas mãos da diarista.

Antonia perguntava:

— O que fazer com a garrafa de Martini Bianco?

— Deixa no armário — foi a ordem.

E já nesse dia, eles, olhando de soslaio, perguntavam quem teria trazido essa bebida. Nunca souberam e o Martini ficou por lá.

No supermercado, viram que a garrafa custava R$ 6,99. Pensaram em presentear o zelador, ele não bebia.

Vontade de jogar fora o Martini nunca faltou. A fama era horrível. Doce demais, diziam uns, vagabundo, resumiam outros e unânimes garantiam: uma ressaca de Martini conseguia ser mais devastadora que a do vinho Sangue de Boi, aquele que deixava dentes e bocas azulados.

Mas com tanta festa não custava nada guardar. Quem sabe o Martini não desencalhava. Nada. O Martini não conseguia se livrar da amarga sensação de não entrar em nenhuma festa, de estar na casa e nunca ser convidado para um drinque, uma dança, uma bebedeira das boas. Era como aquele reserva que jamais entra em campo. Um rejeitado, isso era o que ele era.

De uma noite para outra, as festas diminuíram. Os amigos se afastaram, a alegria não era mais a de antigamente.

Veio a crise dos sete anos, depois a dos oito e por fim a definitiva aos nove. O casal não discutia mais a relação, mas a pensão, o horário de visita às crianças, o único CDB que tinham, as ações da Petrobras... Dividiram alguns presentes de casamento. Faqueiro Tramontina, meio a meio, liquidificador Walita para ela; balde de gelo sem marca para ele.

Essa era a parte mais dolorosa, sempre ouviram dizer, mas quando abriram o armário da cozinha — aquele do almoço festivo — e encontraram de novo com ela foi impossível não rir.

Estava lá, bege de tanta poeira, a garrafa de rótulo branco e azul com lacre dourado. Então, numa noite de domingo em que ele trouxe as crianças de volta, sentaram para uma cerveja, e falaram das vidas que se ajeitavam, dos novos projetos de cada um. Ainda havia assunto, mas a bebida acabou antes.

— E o Martini? — os dois pensaram sem coragem de perguntar, já sabendo que aquilo não tinha cabimento.

Nisso eles concordavam. Ela não podia ser violada por um capricho. Ia continuar fechada, sim.

Mas a causa não era mais a mesma. Depois de anos de recusa, de indiferença, de ser chamada de brega, de até ser escondida nas festas mais chiques, a garrafa finalmente recebia carinho e silêncio respeitoso que só os sobreviventes merecem.

COTOVELO MACHUCADO

Descolado e bom de papo ele sempre foi. Ficou muito, namorou bastante, morou com várias mulheres e casou-se quatro vezes. Lembro bem do segundo matrimônio. Ele foi fazer um estágio num restaurante em Kyoto, Japão. Não falava nem arigatô, mas se apaixonou por uma japonesa bonita e casou-se com ela numa cerimônia budista. Um ano depois, estava solteiro de novo. Disse que não se entendiam. Ninguém entendeu.

Everaldo sempre gostou do que não tinha. Quanto mais difícil a candidata, mais atraente se tornava. Não importava a beleza, a conta bancária, a personalidade...

O quarto casamento teve tudo isso. Ele, ateu, petista, corintiano, com o lucro da churrascaria minguado pela divisão entre três pensões. Então, conheceu uma judia rica, solteira, tucana, sem time.

Everaldo com 1,65 de altura; Maristela e seus 1,83. Ela, executiva de um banco de investimentos, preocupada com o *superávit* da balança comercial e o risco Brasil, e ele ligado na fome no Sudão e nos plebiscitos de Hugo Chávez. Sábios, nunca perderam tempo discutindo esses temas. Ganharam meses e anos viajando e namorando.

Tive uma prova inesquecível dessa paixão. Numa visita à casa deles, Maristela me ofereceu um drinque. Em seguida, Everaldo foi até a cozinha ajudar. Meia hora e nenhum drinque. Entrei para ver o que acontecia e encontrei os dois nus e enlaçados na mesa da cozinha. Que situação! Eu ali na porta e o casal daquele jeito a alguns metros de mim...

Pratos, talheres, uma travessa cheia de sopa, tudo sacudia como num tremor de terra. Para minha sorte, e acho que para a deles também, Everaldo e Maristela estavam de olhos fechados. Em outro mundo, não perceberam o intruso. Dois minutos depois, voltaram despenteados e felizes com um uísque para mim.

Dia desses, recebo um telefonema de Everaldo. São 3h30 da manhã. Ele diz, triste e seco:

— Perdi a Maristela.

No primeiro momento, pensei em morte. O tom era de velório. Imaginei um assalto ou acidente. Não, a tragédia, nas palavras dele, era muito maior.

— Antes a vagabunda tivesse morrido! Saiu com outro, gostou do outro, vai viver com o outro.

Everaldo chorou, pediu, implorou. Sofreu ainda mais com as justificativas rimadas, quase ensaiadas da ex-mulher:
— Ele me entende, me atende, não me repreende, e o melhor: não se rende. Um homem de verdade! E também presta atenção ao que eu digo. Não é como você que ligava a TV e se enfiava no pijama. Na semana passada, você comprou quatro novos pijamas de seda, um mais brega que o outro! Há alguns anos, usaria o dinheiro para me dar uma bolsa...

Tinha mais:

— Quando começamos a namorar, você me pegava para sair, me esperava no estacionamento do escritório e, antes de ligar o carro, me namorava, quase rasgava minha roupa enquanto murmurava delícias ao meu ouvido.

Everaldo enxerga uma possibilidade, uma ponta de saudade... No entanto, Maristela é mais rápida, se recompõe e ataca:

—Você é uma etapa vencida.

Etapa vencida? Não é possível que uma mulher seja tão pouco romântica, logo a Maristela... Everaldo tenta uma reação, apela para o apartamento, os móveis, a mesa nova, enfim, o tal do patrimônio. Aí a resposta é mais cruel:

— Fique com tudo — ela decreta. Dudu vai comprar mobília nova, um armário só para mim, não vai apertar meus vestidos com paletós e pijamas como você gostava de fazer.

— Mas como assim... Dudu?

Não bastasse todo o sofrimento, toda a humilhação da maldita "etapa vencida" e ainda por cima Dudu? A raiva foi mais forte que a tristeza e Everaldo partiu em busca de uma certeza dolorida e previsível, mas que queria ter. Precisava ver os dois.

Era o casamento de uma prima dela. Maristela, que tinha medo de andar de carro e não dirigia, chegou de moto. Dudu tem uma Harley Davidson. Nesse ponto, a voz amarga muda de tom. É uma mistura de inveja com sarcasmo. Por baixo do capacete de Dudu havia uma careca reluzente e quase na nuca desabrochava um rabo de cavalo. Detalhe: com uma trança.

De frente, viu um nariz de estátua, um queixão comprido e, entre um e outro, um bigode mexicano. Dudu usava bota de salto alto com frisos dourados nos bicos e nas laterais. Penso que Everaldo podia estar exagerando, mas não interrompo. A calça *jeans* é apertadíssima e branca, descombinando com o *blazer* xadrez e com a camiseta Hering azul, apertada para a indiscreta barriga.

A narração prossegue rica em minúcias. O cinto é de fivela dourada, larga e arredondada, como aquelas dos peões de rodeio e junto um porta-celular, a capa, cor de ouro, completa o conjunto. O aparelho pode tocar a vontade, Dudu não ouve nada nem ninguém, pois tem os ouvidos tapados por um *iPod* dourado. A mão com, pelo menos, três anéis de ouro dá uma palmada carinhosa na bunda de Maristela e os dois seguem abraçados para a igreja. Ela de vestido curto, decotado, transparente. O pior, felicíssima e... linda!

Everaldo sente frio, vontade de fazer xixi, sede, taquicardia, tudo ao mesmo tempo. Vem o aperto no peito e a vontade de chorar. Desespero inédito na vida do conquistador bom de papo. Ele respira fundo, guarda o pouco de autocontrole que resta para a igreja, senta-se a alguns bancos de distância. Vê Maristela arrumar o rabo de cavalo de Dudu. Imagina os dois na festa. Será que a besta dança melhor que ele? E o beijo, como será? Dudu será bom de cama?

Dias depois volto a falar com meu amigo. Tento acalmar Everaldo, explico que a vida de detetive vai fazê-lo sofrer ainda mais, sem contar o risco do vexame. Insisto nas diferenças profundas dos dois. Em vão. Everaldo está debruçado num balcão de botequim, vejo os cotovelos inchados e vermelhos como os olhos. Ele está arrasado.

Lembro da expressão dor de cotovelo criada por Lupicínio Rodrigues. O gênio negro e gaúcho de nossa música passava noites inteiras no bar. De pé, fincava os cotovelos no balcão para falar das dores de amor. A desilusão e a sede eram tão grandes que no dia seguinte a articulação dos braços latejava. Foi assim, doído por dentro e por fora, que Lupicínio compôs obras-primas e ficou conhecido como um mestre da fossa.

Meu amigo finalmente tira os olhos do chão, com a dor de Lupicínio e a pureza dos apaixonados, e pergunta:

— Será que adianta jogar no lixo os pijamas de seda com bolinhas brancas?

ARMÁRIO

Muitos de nós já ouvimos essa expressão: "Fulano ou beltrana saiu do armário".
    Bem, no caso dele era diferente. A paixão de Juca nunca foi a de sair, mas a de entrar no armário. Armários de todos os tipos e tamanhos fizeram parte de sua vida desde cedo. Primeiro, o armário da cozinha da avó, uma cristaleira em madeira de lei e vidro, puxadores dourados. Um luxo.
    O menino subia num banco para ver o que já sabia que estava lá dentro. Envoltos em guardanapos de linho, estavam pés-de-moleque, cocadas, tabletes de doce de leite caseiro. Uma prateleira acima e ela reinava absoluta: a lata de leite condensado. A avó deixava uma generosa abertura, quase do tamanho dos lábios do neto. Por ali, o garoto sorvia, sôfrego, o líquido denso e doce. Bebia como se bebe água gelada no deserto. Sem interrupções. De longe, a avó assistia satisfeita. A mãe, enciumada, nem olhava.
    No mesmo armário, Nhá-Bentas e balas Superleite da Koppenhagen. Aos 8 anos, a avó revelou-lhe os tesouros de outro armário. Entre vestidos, sapatos e anáguas, uma

espécie de saia íntima que as mulheres usavam naquela época, havia algo que Juca só havia visto em filmes: uma espada de verdade! Ela ficava dentro de uma bainha prateada com detalhes dourados.

A espada era comprida, pesada, tinha cabo de madrepérola reluzente, algo mágico para quem tinha no Zorro e nos Três Mosqueteiros ídolos de primeira hora. A relíquia era do tio, ex-cadete da Marinha. Com medo que os filhos se machucassem, o tio, agora publicitário, guardava em segredo a herança dos tempos de militar. Durante anos ninguém soube que ela deixava o neto brincar com uma arma.

Quando os primos desconfiaram, a crise familiar se instalou. Serena, a avó, não se abalou. Disse ao neto que na sua casa mandava ela e no armário ele dava as ordens. Foi assim que a espada continuou lá.

O armário era um daqueles que ocupavam toda a parede. Tinha pelo menos oito portas, todas com espelho, maleiro, sapateira, cabideiro, chapeleiro, calceiro, gavetas que deslizavam. Jacarandá por dentro e por fora, uma obra de arte, ainda mais para quem era apaixonado por armários! Era tão grande que tinha espaço para muitas outras surpresas. Juca entrou de novo e dessa vez descobriu a farda do tio com botões dourados, as luvas brancas, as medalhas.

No meio da poeira e de teias de aranha, encontrou retratos e cartas que a mãe recebeu e escreveu. Segredos que o pai nunca poderia imaginar. Foram os primeiros textos românticos que leu, ganhou conhecimentos sobre jeito de beijar, de como segurar a namorada pela nuca sem desviar os olhos, de mandar bilhetes escondido por uma colega de confiança, de conquistar a moça na primeira dança mantendo a mão firme entre as costas e a bunda. Certa vez, impossível esquecer, o armário foi imunizado contra cupins. Homens de branco tiraram caixas e mais caixas, centenas de retratos e, alegria máxima, muitos brinquedos de lá de dentro. Carros de madeira, soldados de chumbo, estilingues, bolas de meia, de gude, de couro. Bichos de pano, uma onça empalhada. Foi difícil convencê-lo a desistir do armário. Dias de sol e ele lá dentro. Não saía nem para almoçar. Chegava a rejeitar até os doces. Feliz com o encantamento do neto predileto, a avó transformou uma das divisões do armário em território exclusivo dele. Dessa vez, os primos nem resmungaram.

Anos e armários passaram.

O menino já era homem de trinta anos. Recém-casado, procurava apartamento, desses modernos, para casais sem filhos. Pouco espaço, aluguel alto, mas lá no fundo a razão do preço e da euforia da corretora e da mulher dele era um armário grande, comprido e em zigue-zague. Todo carpetado, com divisões, espelhos e portas de correr envidraçadas.

— Um *closet*! As duas gritaram ao mesmo tempo. Ele, em silêncio; a mulher, ansiosa. Tensão. A corretora interveio, numa conversa a sós com a mulher de Juca.

— Já vi essa cena. Homem não liga para armários, quanto mais para *closets*. Acha bobagem, fala que é perda de espaço e de dinheiro. Mas, do jeito que ele gosta de você, acho que topa. Ele vai fazer a sua vontade, aposto.

Juca, que já era doutor João Carlos, deu as costas e foi andando pensativo. Lá de dentro do *closet*, deixando que elas acreditassem na versão mais romântica, decretou.

— Negócio fechado!

Depois que a corretora foi embora, Juca recebeu da mulher o convite que nunca imaginou, mas que sempre quis:

—Vamos comemorar lá dentro do armário?

BOA VIZINHANÇA
OU MURO QUE CAI

Não, não pegou nada bem! Aquele quadro enorme e infame, que crescia ainda mais em tamanho e esquisitice com o dourado barroco da moldura, não podia ficar ali no *hall* do sexto andar. O estrupício olhando para ela toda vez que entrava e saía era um abuso. Advogada, moradora antiga, condomínio em dia, Eva conhecia bem os seus direitos.

O regulamento era claro: *hall* é área comum. Quadro, vaso de plantas ou qualquer outro enfeite só é permitido se houver acordo entre os moradores do andar. E, como só havia dois apartamentos por andar, ela já sabia de onde partira a infâmia. Mas como reclamar de alguém cujo nome ela nem sabia? O 61 tinha sido ocupado uma semana atrás. Não havia informações da vizinha.

Solteira e morava sozinha. Era o que sabia. Logo descobriu que não era bem assim, havia mais um morador. Um cachorro até bem comportado, mas que latia sem interrupção durante meia hora quando a dona ia embora e que repetia a dose na chegada.

O escândalo atendia pelo nome de Valtencir. Com o tempo, Eva relaxou, e então passou a conhecer a preferência musical da vizinha, sabia a hora do banho e identificava a comida pelo cheiro. Na garagem, os carros ficavam lado a lado, mas, ao longo de quase um mês de vizinhança, elas nunca tinham se visto.

Foi num domingo que Eva tomou coragem e, entre o limpador de para-brisas e o vidro do carro da vizinha, prendeu o bilhete: "Querida vizinha, sou a moradora do 62 e teria imenso prazer em conhecê-la. Meu nome é Eva e você é minha convidada para um café lá em casa. Saí agora, mas volto antes das 11. Espero você.".

Saiu confiante, voltou otimista, mas, ao entrar na garagem, viu a vaga vazia. A vizinha saiu e nem deu resposta. Eva se sentiu ridícula! Onde já se viu querer receber uma desconhecida em pleno domingo? Claro, domingo é um dia em que todos saem — todos aqueles que têm bons programas para fazer, amigos para visitar, um namorado para acompanhar, mas nada disso era com ela. E o pior, mais do que ridícula, tinha sido burra! O bilhete no carro só seria visto na hora da outra sair. Elementar.

Ao subir, a surpresa. Estavam lá, na porta da casa dela, flores e um bilhete:

Querida vizinha, obrigada pela gentileza do convite, mas infelizmente estou de plantão neste domingo. Espero que as flores me representem na sua mesa.

Um abraço, Silvia.

Por alguns segundos, Eva se comoveu, mas a curiosidade foi maior. Plantão no domingo? Seria ela médica, jornalista ou... Garota de programa com serviço extra no fim de semana?

Na segunda-feira, o carro de polícia na porta do prédio e o bem informado porteiro desfizeram a angústia. A nova moradora era investigadora do Denarc, o Departamento da Polícia Paulista que investiga o tráfico de drogas.

Eva não podia perder a cena. Ao mesmo tempo, tinha descido apenas para comprar leite e não queria ser vista pela vizinha naquele estado: descabelada, sem maquiagem e sonolenta. Uma distância prudente permitiu que ela visse sem ser vista. A mulher elegante, bem maquiada e de pernas longas sentou-se decidida ao lado do motorista para mais um dia de trabalho.

No dia seguinte, foi Eva quem deixou flores no apartamento em frente, tocou a campainha e correu pra casa. Pelo olho mágico, viu a vizinha ainda de camisola. O sorriso admirado deu-lhe coragem de abrir a porta. O abraço foi instantâneo e elas resolveram comemorar o encontro com um café na casa de Eva, que já tinha bolo e geleia preparados.

Aquele dia marcou o início de uma grande amizade. À noite sempre se viam, às vezes iam ao cinema e depois jantavam. Quando o salário terminava antes do mês, dividiam novela e as *pizzas* — especialidade de Eva.

O importante era conversar, diziam uma à outra, já emendando o próximo assunto. Elas falavam de tudo: moda, televisão, famílias e também de trabalho. Eva, assessora de um desembargador do Tribunal de Justiça, contava escândalos de corrupção. Eva, a policial, se empolgava em dar os detalhes das operações de caça aos traficantes e até do campeonato de futebol feminino organizado na Polícia Civil.

Vibravam com as mesmas alegrias, choravam as mesmas lágrimas. Eva já cuidava de Valtencir e até passou a tirar o pó da moldura dourada quando soube que o quadro do *hall* de entrada era presente da avó de Silvia. Cada vez mais próximas, passaram a viajar juntas e dividiram uma casa na praia. Lá, descobriram aquilo de que talvez você, amigo leitor, já desconfiasse — a amizade era só um disfarce do amor.

Passavam agora todos os momentos juntas, nunca tinham se sentido tão felizes e realizadas na vida. Veio a primeira briga, briga feia. Silvia fez as malas, Eva desfez, Silvia refez e, pra sorte delas, tudo terminou em amor e *pizza*.

Brigaram de novo, veio a primeira crise e elas prometeram nunca mais se desentender. Casaram-se informalmente na semana passada. A festa para amigos, parentes e funcionários do prédio foi um sucesso. Ao entrar no 61, cada um ganhou um martelo. Aos poucos foram batendo de leve, depois com mais força e alegria. Alguém pegou uma picareta com o porteiro. Juntos, derrubaram a parede que separava os apartamentos. O jantar teve risoto, vinho e depois começou o baile. Às 4h30 brindaram à liberdade e acabaram de derrubar os restos do muro que ainda separavam Eva, Silvia e Valtencir.

PRIMEIRO AMOR

Para mim ela era a mais bonita da classe, ou melhor, da escola, pensando bem... do mundo.
    O nome estava na moda, os tempos eram de Lucíolas, Fabíolas, Karinas. Na lista de chamada ela, a Lucíola, ficava perto da Lúcia, da Luciana e antes da Luisa e da Luzinete. Mas era acima de mim, na verdade, a uma linha de distância, que Lucíola se acomodava.
    A professora chamava:
    — Lucíola!
    E na sequência:
    — Luis Cosme!
    Só naquela folha branca de papel grosso, repleta de F(falta) e P(presença) ela ficava tão próxima assim. Lucíola sentava longe, lá na primeira fila perto da professora e longe da algazarra. Não gostava de papo furado com os meninos. Os olhos, sempre nos cadernos e livros, me encaravam apenas na hora da chamada.
    E eu respondia firme, sabendo que talvez fosse aquela a única chance:

— Presente, professora!
Dia a dia, Lucíola parecia ainda mais bonita no uniforme de blusa bege, saia plissada azul, meia branca três quartos e sapato boneca. Mais bonita e mais inacessível. Aquela beleza toda a tornava ainda mais inalcançável para mim.

Conversei com meu irmão mais velho, consultei o melhor amigo, mas a coragem de dizer o que sentia, essa não aparecia. Nunca.

O pai preocupado alertou:
— Esquece!
A mãe romântica aconselhou:
— Escreve!
Escrevi e rasguei dezenas de cartas.

Até que numa segunda-feira de chuva, a aula de educação física foi na quadra coberta e Lucíola apareceu com uma roupa diferente: *short*, tênis branco e cabelo preso. Era jogo de queimada e num lance mais arrojado a bola caiu em cima da árvore. Fui lá, encarei a chuva, alcancei a bola e de cima da mangueira descobri uma nova paisagem. Nunca tinha visto minha escola de cima, me senti mais forte, poderoso.

Olhando o pátio, orgulhoso de minha proeza, encontrei duas bolas de gude brilhantes. Os olhos de Lucíola. Ela queria subir, implorava com o olhar. Pela primeira vez na vida ela me pedia algo. Minhas pernas tremeram, quase caí e, com a bola ainda nas mãos, nem podia me segurar. Pensei rápido, com a direita devolvi a bola, com a esquerda peguei na mão dela. Um, dois, três... Lucíola já dividia o mesmo galho comigo.

Éramos duas crianças de sete anos, mas ela sabia mais que eu. Riu do meu nervosismo, soltou o cabelo e brincou com a insegurança do menino apaixonado:

— Você sempre vem aqui, ou subiu só para me mostrar que é o mais esperto da turma?

Senti o rosto esquentar.

Lucíola tão perto e ao mesmo tempo tão longe, isolada por uma muralha de medo e de insegurança. Minha voz sufocada na garganta, eu não sabia o que dizer, como começar. Que situação! Claro, não era mesmo para dizer nada. Lucíola não queria palavras. Ficamos ali por longos minutos. Lucíola esperou e desceu sozinha.

Nunca mais nos falamos, mas durante os dois anos que estudamos juntos sonhei com o encontro na mangueira milhares de vezes. Até hoje, quando alguém me pergunta qual foi a minha primeira namorada não hesito: foi Lucíola.

Ela nunca soube, mas e daí? Eu a amei, sofri e jamais esqueci do namoro solitário.

Lucíola é hoje uma mulher de quarenta e três anos. Deve ter marido, filhos, emprego e talvez saudades da infância.

CINDERELA

Primeiro ela pediu, depois insistiu e, por fim, com olhos marejados, exigiu. Jacinto atendeu e foi à loja de sapatos em Moema.

Faltou ao futebol, perdeu a cerveja e encarou com a namorada uma visita à Salto Alto. Na vitrine, nenhum sapato. Apenas dois cartazes que diziam: "Promoção: 40% de 33 a 37; 60% de 38 a 44".

— Na Salto é assim — ela disse com intimidade. — Sapatos de todos os números com os melhores preços de Moema. E se o preço é o melhor de Moema é o melhor de São Paulo, se é o melhor de São Paulo é o melhor do Brasil.

Ele respondeu com um sorriso curto, tentando não se estressar.

De uns tempos pra cá, a namorada tinha uma estranha forma de ver os preços. Ela convertia reais em dólar e dizia sobre a bolsa de R$ 300,00:

— É uma pechincha, custa menos de duzentos dólares. Jamais você encontra uma dessas em Nova Iorque por esse preço. É bolsa para cinco anos, ou seja, se eu sair pelo menos uma vez por semana, vai custar um real por noite, ou centavos de dólar para cada vez que eu usar. Não está de graça?

Jacinto nunca fez esses cálculos. Nem queria lembrar disso. Agora era a hora de enfrentar a Salto Alto e suas clientes. Comprida e estreita, a loja era um corredor iluminado por uma luz branca e forte, com muitas prateleiras e uma longa fila de cadeiras onde as mulheres experimentavam os modelos e homem nenhum conseguia sentar.

Depois de alguns minutos, ele até se resignou. Existiam outras vitimas lá dentro, maridos, noivos, namorados... Todos com a mesma cara entediada. Ele trocou um olhar solidário com um que segurava várias sacolas ao mesmo tempo e ouviu um pedido:

—Você olha as bolsas enquanto vou ali fumar?

Mas era impossível olhar para qualquer cena que não fosse aquela.

Dezenas de pés, centenas de unhas coloridas, calcanhares delicados e muitos sapatos. Todas experimentavam, depois iam para frente de espelhos apoiados no chão, davam voltas sobre si mesmas. Olhavam outra vez, sofriam, sorriam... Começavam tudo novamente.

Duas vendedoras olhavam de longe, mas logo uma delas teve que intervir. Tumultos faziam parte da rotina das longas manhãs de sábado e não era raro freguesas brigarem por um par de sapatos. Uma pegava, a outra dizia que tinha visto primeiro, uma terceira afirmava que já tinha feito reserva.

A procura era grande, a oferta pequena, repetia o gerente, que, nos casos mais delicados, decidia no cara ou coroa. Quando a disputa envolvia mais de duas competidoras, havia uma tentativa de acordo e, por fim, um sorteio.

Mas ali o que começava não era um simples puxa-estica de sapatos fechados, ou sandálias com salto plataforma, mas uma briga. Entre duas moças, havia uma mulher, já descabelada, com a alça do vestido caindo e gritando:

— Esse é meu!

— Não é, não. E vai tirando a mãozinha que eu peguei primeiro.

— Estou dizendo, é meu. Solta! - ela berrava desvencilhando-se da vendedora que tentava acalmar os ânimos

— Nem seu, nem dela. Dizia outra já calçando o pé esquerdo.

— Porrrrra é meu, não é que eu vi primeiro, ou queira comprar, ou tenha reservado. É meu porque eu trouxe de casa! É meu porque ganhei de presente! É meu porque não é da loja, porrrrra! Dá para entender? Dá pra largar o MEU sapato?

Respirou fundo e acrescentou:

— Ele estava aqui no chão enquanto eu experimentava outro — disse ofegante com os sapatos vermelhos debaixo do braço.

Silêncio.

As duas adversárias reconheceram a derrota. Cada uma foi para um lado, em busca de outros modelos.

A briga, a gritaria, a situação inusitada, tudo isso fez o namorado começar a gostar da tal visita, ainda sem saber que a verdadeira surpresa estava a caminho. A namorada, com aquela voz lânguida que ela sabia fazer quando queria pedir alguma coisa, sussurrou:

— Meu amor, você compra o sapato dela? Eu amei, era aquele mesmo que eu queria. E o melhor: vi que o número dela é igual ao meu.

Sem hesitar, lá foi ele, com a coragem dos apaixonados.

— Moça, eu vi a confusão, sei que o sapato é seu. Mas minha namorada gostou tanto que eu queria comprar. Você me vende?

E ela.

— Olha, o senhor me desculpe, mas não estou para brincadeira. Me dá licença?

— É sério, quanto a senhora quer neles?

— Não posso vender. Como é que vou para casa, descalça?

Jacinto olhou as prateleiras, viu que em média os sapatos custavam R$ 40,00, R$ 50,00 e disparou a oferta:

— Pago duzentos agora, dinheiro vivo!

Ela pensou e ele arrematou já abrindo a carteira:

— E ainda lhe deixo em casa no meu carro, assim você não precisa andar descalça.

Negócio fechado.

Enquanto as duas conversavam no carro, Jacinto pensava que quando uma mulher vai às compras tudo pode acontecer. Até ela voltar descalça para casa, como a Cinderela.

FESTA DO CARANGUEJO

— É festa ou acidente ecológico? Foi assim que César reagiu quando foi chamado para o aniversário do amigo. Ia ser em Caputera, catorze quilômetros de terra e buracos, depois do quilômetro 279 da Régis Bittencourt. Vilarejo esquecido na Grande São Paulo, pra lá de Taboão da Serra, depois de Embu das Artes, pros lados de Vargem Grande. Em resumo, no meio do nada, lá onde Judas andava descalço.

A ironia da pergunta sobre o acidente ecológico surgiu ao saber do cardápio.

— Estou fazendo uma caranguejada. Meu tio passou no Mercado Municipal e limpou a banca, trouxe cento e oitenta. É do Guaiamum, aquele que tem a garra esquerda grande e a direita miúda. Chamam de canhoteiro — disse rindo da própria piada.

— Sei...

— Já tá na panela, moleque, te manda, não embaça!

— Tá.

Gostava do jeito que o amigo falava, sempre foi assim, com quinze, vinte e agora quarenta anos. Incrível a capacidade dele de incorporar novas expressões. Desmarcou o cinema, encheu o tanque, fez a barba e, obediente, se mandou.

Chegou e logo sentiu o clima, viu a grama do jardim coberta pelos restos mortais dos crustáceos. Garrafas e latas rolavam no chão, todas vazias.

Entrou pensando no que gostaria de encontrar. Mulher bonita, partido alto, conversa de botequim — eram assim as festas do Fernando, um mineiro que amava o Rio, mas que preferia viver em São Paulo. Nem ligou quando percebeu que o segundo de distração o tinha impedido de fugir da saudação de sempre.

O amigo, pesado, forte, normalmente suado, fez o que ele tanto odiava. Primeiro o agarrou bem forte num abraço de tamanduá, depois o derrubou, despenteou e, rolando na grama, deu-lhe vários beijos molhados no rosto e nas orelhas.

Flashes, alguns pedidos para que ele parasse e muitos berros de continua! A sufocante sensação era a de que os 120 quilos iam esmagá-lo contra a grama úmida até o último suspiro. Mas uma buzina avisou que novas vítimas se aproximavam e o amigo finalmente saiu de cima, escondeu-se atrás do tronco da mangueira para recepcionar o próximo.

O primo vinha de branco, banho tomado, com as mãos ocupadas por duas bolsas dessas de supermercado, parecia alegre… Era o presente que Fernando queria.

Ele, que acabara de chegar, saiu de fininho, consolou-se rindo de si mesmo e sentiu uma inveja boa da eterna alegria do amigo. Fernando estava sempre aprontando alguma. A inspiração estava ali a centímetros dele. Sonia, sempre bonita, divertida e, graças a Deus, muito mais contida que o marido. Ela o abraçou com carinho, serviu-lhe uma caipirinha e brindou com um sorriso elegante.

— A gente te ama.

Sentou, conversou com as amigas e viu um vestido branco. Viu e nada mais porque teve de cumprimentar os amigos, e os parentes dos amigos. O vestido sumiu.

Fernando, o anfitrião, falou de projetos — sempre foram muitos —, reformas na casa, mudanças na agência de publicidade. Uma viagem à Austrália com Sonia e as crianças.

Brindaram à amizade, falaram um pouco mais de futebol, se emocionaram com as lembranças. Nunca teve um amigo como Fernando. Pensava nisso quando enxergou de novo o vestido, agora pôde olhar a dona da roupa, mas novamente foi tudo rápido demais. Gente na frente e ela ligeira, alguns segundos e nada mais.

Sonia não prestou atenção, mostrou as novas fotos que tinha revelado e que fariam parte de uma exposição. Falou do projeto de um estúdio fotográfico que ia montar com a sócia.

— Só fotos de moda — ela disse orgulhosa.

E ele sentiu de novo a inveja boa de Fernando. Andou mais um pouco e, do fundo do quintal, ouviu versos de Noel e Cartola.

Uma tarde azul, som de botequim e gente que não parava de chegar. Fernando agora já estava no alto da mangueira, preparando-se para derrubar mais um.

Cesar curtia a festa, olhava e não via mais a mulher de vestido branco, mas havia outras atrações. Muita gente dançando, homens virando *long neck* no gargalo. Chegaram alguns petiscos e a notícia: caranguejos? Babau. Agora ia ser churrasco que o fogo já era brasa.

Cerveja? Só restavam quatrocentas, brindou Fernando às gargalhadas.

Ao longe, ele enxergou novamente o que tanto procurava: o vestido. Agora teve certeza. Era morena de cabelos bem pretos a dona do vestido e das pernas torneadas.

A festa só melhorava, as crianças brincavam, os adultos começavam a se soltar, chegava a noite. Ele podia jurar que tinha visto um sorriso no rosto da dona do vestido branco. Dispensou a ajuda de Sonia e, sorrindo o sorriso mais confiante que dispunha, foi até ela pensando como é fácil o mesmo homem num mesmo dia, numa mesma festa, querer que o evento termine exatamente como começou, um abraço apertado, a grama, o beijo…

Passos firmes, precisava ir em frente. Não podia mais mudar de ideia. Impossível andar para trás como um caranguejo.

QUESTÃO DE GOSTO

Bonito ele nunca foi, feio muito menos. Também não é alto nem baixo, gordo nem magro. Louro nem pensar, muito menos negro. Pele branca quase parda, barba por fazer, olhar inexpressivo. Um homem normal assim é — perdoe a rima pobre — o Aderbal. Brasileiro típico, que gosta de futebol, goiabada com queijo e mulher.

De bola e comida ele entende pouco, reconhece. Já sobre as mulheres não há falsa modéstia, se diz um especialista. Aderbal não é um conquistador qualquer, tem tática e gosto singulares.

Nasceu e se criou em Bauru, cidade do interior paulista, repleta de universidades. Isso sempre encantou Aderbal e você já vai entender porquê. Quem viveu numa dessas cidades universitárias sabe que onde há muitos estudantes multiplicam-se as repúblicas, o que é sinônimo de alegria e de uma infinidade de festa. Aderbal ia a todas e não dava chance aos adversários. Nunca. Também não se exibia, não ficava com rodopios inúteis no salão ou papo furado na cozinha. Aderbal não dançava, não conversava. Aderbal namorava.

A agilidade era impressionante: ele estava ao seu lado conversando, olhava ao redor e, sorrateiro, sumia. Meia hora depois voltava abraçado com uma garota. Vinham despenteados, com os rostos afogueados e os olhos apaixonados. Saíam de quintais, de banheiros, da penumbra...

Onde houvesse um canto, uma chance, Aderbal agia. E pelo jeito era um amante excepcional, as estudantes se enterneciam. Lânguidas, as moças suspiravam só de pensar em Aderbal, e ele quase que literalmente deitava e rolava. Beijos longos e molhados. Talvez encharcado seja o adjetivo mais adequado. Não se trata de ser grotesco, mas de dar às cenas que todos ali testemunhavam o realismo merecido. Não era só isso. Mão por dentro da roupa, Aderbal acariciava, depois apertava e encostava a moça na parede num amasso apaixonado e incendiado.

Nessa hora, a mais peculiar de suas preferências ficava exposta porque só um tipo de mulher interessava a Aderbal: as feias. Acredite, se pudesse ser gorda melhor. Às vezes, ainda suado e sujo de batom, Aderbal explicava com prazer e riqueza de detalhes: mulher feia não lhe faz perder tempo, não escolhe, não faz doce.

Quanto mais feia, mais carinhosa, romântica e fiel... E assim ele ia desfilando os méritos de suas escolhidas — eram tantos, que o estudante de direito as chamava de meritíssimas em tom de brincadeira.

Depois continuava: como a maioria dos homens é idiota e fica escolhendo as bonitinhas, as feias se tornam cada vez mais carentes e consequentemente mais apaixonadas.

Tratam o namorado como se fosse o último homem do mundo.

Os amigos debochavam e diziam haver três tipos de mulheres feias: as feias, as muito feias e as namoradas do Aderbal. Ele não dava a mínima e prosseguia: são mais compreensivas e dedicadas na cama. Pode parecer que Aderbal estivesse se gabando ou assumindo uma postura arrogante e machista, mas ele era apenas sincero e tinha absoluta certeza que sabia do que estava falando.

Sozinho, diante de cinco ou seis "adversários", ele discursava e depois saía apressado. Já era madrugada, mas Aderbal saía em busca de outras festas, de outras encantadoras mulheres feias.

Algumas vezes investia nas cidades vizinhas, não faltava a nenhuma festa de Peão Boiadeiro em Marília, Ourinhos, Lins e região. .

— O perfil, já sei qual é, mas ainda não achei a pessoa certa, por isso vou continuar pesquisando — aos amigos dizia matreiro.

A carreira do amante-pesquisador foi longe. Aos trinta, conquistou o diploma de advogado e um emprego num escritório da cidade. O Don Juan do oeste paulista ia ao Fórum de São Paulo uma vez por semana. Terno e gravata, pasta de couro, a aparência era outra, mas a curiosidade de pesquisador só aumentava.

De Bauru à Capital eram trezentos e quarenta longos quilômetros, mais de quatro horas de viagem.

Desperdício de tempo e energia, ele lamentava.

Queria ver outra paisagem que não fosse a rodovia Castelo Branco, por isso, logo na segunda viagem, teve uma ideia: procurou o bilheteiro da empresa e suplicou murmurando em pleno Terminal Tietê.

— Vou viajar toda semana, nesse mesmo dia, nesse mesmo horário, nessa mesma poltrona — a 14 — e preciso de um favor — Aderbal respirou fundo e, já dando uma gorjeta de R$ 20,00, implorou ainda mais baixo: preciso que você coloque sempre a mulher mais feia e mais gorda na poltrona 13. Por favor, te garanto R$ 10,00 de gorjeta. São quarenta por mês, quatrocentos e oitenta por ano — disse aos solavancos.

O funcionário não entendeu, mas cumpriu o combinado, já pensando no décimo quarto salário. Foi assim que Aderbal pôde viver suas tórridas aventuras a bordo dos ônibus noturnos da viação Expresso de Prata.

Voltei a Bauru muitas outras vezes, mas nunca o encontrei. Ele também veio diversas vezes a São Paulo sem jamais me ver. No máximo, trocamos telefonemas, muito pouco para matar a saudade e acalmar minha curiosidade. Até que, finalmente, aconteceu: revi meu bom amigo em uma festa e descobri que o "pesquisador" estava aposentado, depois de gloriosos serviços prestados.

Aderbal mudou um pouco, tem menos cabelo, mais barriga e agora é um homem casado e caseiro. Usa aliança e não se afasta da família. Tem dois filhos lindos, herdeiros do mesmo sorriso largo. Sobre a mulher, preciso de algumas frases. Janaína ainda é bonita, mas certamente já foi muito mais. Estaria se adequando ao padrão Aderbal de qualidade? Parece que sim.

O cabelo mal tratado já perdeu a cor e o corte. Um óculos grande, de armação dourada e de lentes grossas, esconde o verde dos olhos e envelhece o rosto sem maquiagem. Os quadris são largos, como a cintura. A saia tem fendas laterais que mostram coxas grossas com celulite. Os braços estão flácidos. Mas não há dúvidas, estou diante de uma mulher apaixonada e muito feliz. Ela abraça e beija o marido, divide com ele cerveja gelada e picanha na brasa, conversam, se divertem e vão para a pista.

De lá, Aderbal pisca o olho, não me diz nada, mas leio seu pensamento: *Minha mulher está ficando do jeito que eu gosto. Mais uns dois anos e estará em forma.*

Vou embora para casa e, durante a insônia lembro da minha namorada que não foi à festa porque estava num spa e, além disso, não tinha vestido novo. Penso que Aderbal deve estar fazendo algo bem mais interessante.

UMA TARDE, UMA GATA

Livorno e Empoli em campo, partida marcada há duas semanas. Sem graça, sem gols. O locutor anuncia a próxima. Para ele, palpitante atração: Schalke 04 e Borussia Moenchgladbach pelo campeonato Alemão. Nenhum brasileiro em campo e arrisco outra jogada.

No canal mais próximo, uma disputa de golfe, desisto. Enjoei do livro e namoro o jornal ali ao lado. Seria ótimo se eu já não tivesse lido. Em busca de incentivo, penso que sempre sobra algo interessante. Palavra cruzada feita, os doze horóscopos e as dezenove cartas de leitores devidamente visitados. Não, não resta mais nada. Olhando melhor, falta sim. É o obituário. Fico sabendo da passagem de Osvaldo, 89 anos. Ele deixa viúva, filhos, netos, bisnetos... o enterro será no Cemitério da Consolação. Na linha abaixo o 0800 do serviço funerário. Sai pra lá! Chego aos avisos de licitações públicas. São quarenta e oito. A letra é miúda e o desavisado pode achar que os comunicados são escritos em outro idioma. Caso queira aprender palavras novas como

Pregoeira, descobrir como consultar todos os anexos de um edital, ou ainda se aprofundar num Termo de Referência de Especificação Técnica, está no caminho certo. O governo do Ceará, por exemplo, quer comprar acidulante em pó. Em outro anúncio, o Governo Federal avisa aos interessados e desinteressados, como eu, que o pregão eletrônico para a compra de equipamentos para a conclusão da primeira etapa do projeto de irrigação do Tabuleiro das Russas será daqui a dez dias. Então tá. Sobram-me tempo e imobilidade. Nada tão sério, muito menos definitivo, só uma cirurgia, dizem os otimistas. Da minha parte, dispenso o "só". Assim como os repórteres costumam recomendar aos motoristas nos congestionamentos paulistanos, é preciso paciência. Foi o que o médico me disse.

Tenho me esforçado, mas três metros pode ser uma distância insuperável. Como as muletas encurtaram caminhos, me animei e aluguei uma cadeira de rodas. Por segurança, está com as rodas travadas no meio do quarto. Por insegurança, não consigo passar com as muletas entre a cadeira e a porta do banheiro. A bexiga protesta. Arrisco, chego lá e me animo ao pensar que a volta é sempre mais rápida. Estou numa cama macia, num quarto claro. Tenho comida quente, café forte e carinho. Mas a solidão da tarde é cruel em seu silêncio e indiferença. O que quero é companhia, alguém para conversar. Lembro que ao me despedir no trabalho, disse em tom de brincadeira: aceito visitas! Todos sorriram, prometeram uma passada. Nem telefonema.

O sono não vem, então sonho. Uma moça bonita, alegre, generosa. Só para fazer companhia, trocar ideias, contar como está o tempo lá fora, talvez uma piada. Acredite: ela chega, de verdade. Não ouvi campainha, nem passos. Pelo jeito a diarista permitiu a entrada e ela veio, cheia de adjetivos. Simpática, esguia, jovem, inteligente. Uma GATA, assim com letra maiúscula.

    Olha-me, se aproxima, cumprimenta e pede para sentar. Aceita leite, depois água. Suave, com classe, prova um biscoito. Imagino que se controla para manter a forma, ou será que se decepcionou com meu pobre cardápio? Agora o tempo voa e a cena já é outra. A Gata está cansada, estica as pernas, pede carinho. O olhar ainda mais penetrante.

    Quando consigo me desviar alguns poucos centímetros do brilho esverdeado que me encara, encontro um colar prateado que realça colo e pescoço. Juntos, desaparecem o tédio e o desconforto, me transformo. Sou um homem feliz e ocupado. A Gata se aproxima, está na cama. Centímetros nos separam. Estico o braço, acaricio-lhe a cabeça, desço pelo pescoço. Chego ao corpo quente, gostoso de pegar. O abraço é apertado, longo. Era o que eu precisava, é o que acabo de ganhar. Assim, de graça, do destino.

    A Gata é isso mesmo: uma gata. Tem pelo branco e cinza, garras afiadas, é lânguida e, ao mesmo tempo, muito ágil. Caçadora, pressente um pardal bobo no jardim, ali do outro lado da janela aberta. Sai da cama em silêncio em busca do jantar. Chama-se Cristal, vive há sete anos no quarto ao lado e não costuma dar bola para estranhos. Mas em situações especiais, abre precedentes.

PARTE 3

SAUDADES CARIOCAS

ARGENTINO

Para muitos brasileiros era um ato de patriotismo criticar a Argentina. Atacavam e atacam até hoje, o futebol, a situação política e econômica, a empáfia de seus cidadãos. Falavam do cabelo dos homens e das roupas das mulheres. Não escapava nada. Até programa na tevê tinha, e era mais ou menos assim: um mentiroso bem cafajeste enganava a todos, seu bordão era: *mui amigo*! Falava sorrindo, de cigarrilha no canto da boca, enquanto ludibriava os inocentes. Depois dizia olhando para a câmera e mexendo no bigode... *mui amigo*! Um milongueiro.

    Da minha parte sempre gostei do jeitão deles. Aprendi a admirar a raça dos torcedores, a coragem dos que enfrentaram a ditadura, duríssima por sinal. Sem falar do sabor da carne e do vinho, da qualidade do cinema, do charme de Buenos Aires e da cultura média da população, bem acima da nossa. Podia falar de cada um desses traços da cultura argentina, não como estudioso do assunto, apenas como observador. Mas me contento com o futebol. Esse sim, uma vocação argentina, muito mais marcante que o tango ou a vontade de ser europeu. Em gramados brasileiros passaram jogadores brilhantes. No meu Botafogo chegou um atacante grandalhão e canhoto. Fischer o nome dele, camisa 9 do timaço dos anos 70. Vi Fischer comandar um histórico 6 a 0 no Flamengo, bem no dia do aniversário do rival. Foi ele também que me apresentou a pedalada, o drible que se tornou marca do Robinho. Saudades de Fischer, El Lobo.

Brilhou também o centro avante Doval — chamavam-no de Diabo Louro e o goleiro Andrada, o qual foi a vítima do milésimo gol do Pelé. Veio o Artime para jogar no Fluminense... Todos bons de bola, inteligentes, raçudos. Desnecessário falar do gênio Maradona e dos maravilhosos Riquelme, Messi, Conca, Dalessandro e Montillo. São craques corajosos, jogam bem e bonito. O primeiro argentino que conheci na vida também era bom de bola, só tinha uma problema: não era argentino. Carioca do subúrbio, não sabia porque o pai, agora distante, tinha escolhido o nome de José Argentino. Josés eram milhares, Argentino só ele. E assim ficou. No Rio de Janeiro, a Barra da Tijuca ainda não tinha condomínios, *shopping center*, hipermercado, mas tinha sorvete. O sorvete do Argentino. O negro esguio, 1,90 de altura, vinha de longe, a pé, e com uma caixa de isopor carregada de gelo seco e picolés da Kibon. Com o gelo seco brincávamos de botar na água para ver borbulhar. Mas o que todos queriam eram os viajados picolés. No verão as vendas aumentavam, ele então trazia duas caixas de isopor e nos dias mais quentes vinha de ônibus. Ainda assim, caminhava muito. Para proteger os ombros fixava espuma nas cordas que prendiam as caixas, protegia a cabeça com chapéu de palha e assim garantia comida na mesa da numerosa família. Ele, a mulher e os filhos viviam num recém inaugurado conjunto habitacional, que depois virou favela e sucesso de cinema: Cidade de Deus.

De lá, Argentino trazia histórias deliciosas que contava enquanto vendia seus picolés. Da vida na comunidade, dos torneios de futebol, da vida em pequenos espaços, da generosidade entre os vizinhos e também da bandidagem. Ouvíamos atentos com o picolé parado na boca. Como o sorvete vinha de longe, era mais caro, bem mais caro. Em valores de hoje, o mais barato não saía por menos de R$ 4,00. Para manter as vendas, ele oferecia fiado. Vendia de segunda à sexta e só cobrava no sábado. Livre para se refrescar nos verões escaldantes, a garotada comprava com vontade e no sábado... bem, no sábado vinham as broncas.. O Argentino chegava com a conta de 6, 10, 12 picolés de cada criança e os adultos protestavam. Na época, o lugar era quase uma colônia de férias, a meninada ficava se divertindo e os pais saíam para trabalhar, por isso não tinham noção do ataque aos sorvetes do Argentino... Ele sabia que não podia discutir, por isso, quando os adultos reclamavam do preço e da quantidade, Argentino ouvia quieto, explicava porque o sorvete era mais caro, oferecia um ou outro como cortesia e, em alguns casos, parcelava o pagamento. Falava sempre baixo, com respeito. Explicava a distância, enrolava e levava no papo. A freguesia engolia e ele faturava. A garotada formou um bom time e Argentino virou juiz. Na hora do intervalo vendia pelo menos 22 picolés. Na saída completava 44, uma caixa cheia. Num Natal trouxe uma bola nova e deu de presente ao time. Dominava a arte de vender. Guardava o sabor preferido de cada cliente. No meu caso, sabia que eu só tomava Chicabon, aquele picolé de chocolate. Quando o estoque ia chegando ao fim e sobrava só um, ele jogava lá embaixo da caixa e guardava para mim. Foram mais de trinta anos de convivência. Aos 60 anos, sete filhos e dezesseis netos, Argentino continuava a vender sorvete. Hoje não sei por onde anda, tenho saudade dele. Lembranças congeladas de um tempo que não é melhor nem pior que o atual, mas que nos fez felizes e, por isso, ao lembrar, fazemos de tudo para melhorar cores, sabores, paisagens. Saudade, talvez, do que sonhamos que foi e do que achávamos que éramos.

Argentino querido, os verões foram ótimos, nossa amizade inesquecível e, que maravilha, o Chicabon, até hoje, continua uma delícia.

A BATALHA DOS CROQUETES

Numa época em que a principal função das mulheres era cuidar da casa, em especial da cozinha, ela orgulhava-se de não ter intimidade com as panelas. Dona Eda fumava Minister, bebia Antártica e, claro, gostava de comer. Cozinhar era uma rara concessão.

Nas noites de domingo, fazia um agrado aos vizinhos e amigos de um dos primeiros condomínios da Barra da Tijuca. Na hora da Ave Maria, Dona Eda ia para casa e lá fazia uma vistoria na geladeira. O que sobrava ia sendo recolhido. Beterraba dava cor, carne picada ou frango, gosto, arroz, consistência, cenoura e batata, maciez. Tudo era amassado, misturado com leite e maizena e acompanhado de ovos. Óleo bem quente e pronto. Em cinco minutos, todos sentiam o aroma dos bolinhos de geladeira.

Crocantes por fora, suculentos por dentro. Eram croquetes deliciosos, saboreados por todos em frente ao Fantástico, na época o Show da Vida. O quitute fez sucesso, e se no início vinte ou trinta saciavam os amigos, logo foi preciso triplicar a quantidade. Vizinhos nem tão íntimos assim se aproximavam com o olho grande, a barriga vazia e a cara de pau: *viemos assistir ao Fantástico*, diziam entrando no salão de festas do condomínio e imediatamente provando o croquete.

Nesse tempo, a Barra da Tijuca tinha seus primeiros condomínios. Em quitinetes, as famílias passavam fins de semana e períodos de férias. Minha mãe, amiga de Dona Eda e também fã do croquete de geladeira, tinha outra especialidade: um croquete de carne inigualável. O interessante é que as duas criações nasciam das sobras, daquilo que ninguém queria mais.

Lá em casa meu pai adorava carne assada, minha mãe comprava a maminha da alcatra, assava e servia com batatas e um molho denso. Se sobrasse tinha croquete; se acabasse, só na semana que vem, pois alcatra todo dia não faz bem. A rima irritava os ouvidos e desesperava os estômagos. O croquete era muito mais gostoso do que a carne assada. Mas meu pai não tinha a mesma opinião. Éramos três irmãos e logo descobrimos que se comêssemos mais feijão e arroz sobraria mais carne. Assim, nosso prato preferido estaria garantido.

A carne bem cozida e mergulhada no molho ferrugem era pacientemente desfiada. Em seguida, passava pelo liquidificador, tudo bem rápido para não transformar-se numa massa sem graça. Logo minha mãe preparava as bolinhas, tão bem feitas, quase esculpidas com uma colher grande, de prata, presente de casamento. Quando chegávamos do futebol era um ataque voraz. Podiam ser vinte ou trinta. Não sobrava nada. Quem tinha gasto tempo e dedicado carinho lamentava:

— Comam com calma, mastiguem, assim vocês não saboreiam.

A gente beijava a minha mãe e pegava os últimos croquetes, limpando a gordura das mãos no *short*, ou mesmo no sofá. Não só porque eram muito gostosos, mas também por alimentarem aquela rivalidade fraternal, a de que vencia quem comesse mais e mais rápido. Os croquetes mereceram quase uma legislação especial. Colesterol ainda era uma palavra estranha, mas ela sentou-se com os filhos e decretou que dali em diante, croquete só uma vez por semana.

A quantidade seria dividida em cinco partes. Por exemplo: se fossem trinta croquetes cada filho, ficaria com seis e o pai, maior e mais faminto, com doze, ou seja, quota dobrada. Ela não fazia questão. Outra norma importante era que almoço e jantar passariam a ter hora. Meu irmão do meio, que sempre voltava mais tarde das brincadeiras, sentiu o perigo por perto. Pediu e foi atendido. A quota dele seria guardada para que fosse saboreada depois.

— Tudo bem — concordou minha mãe.

— Tudo ótimo — assentimos eu e meu outro irmão.

Nossa diversão preferida passou a ser descobrir onde estavam os preciosos croquetes. Atrás da geladeira, embaixo do fogão, guardados entre duas panelas? O segredo era descobrir sem fazer barulho e comer apenas um para que ele não sentisse falta. Era meio a meio. Uma mordida para mim e outra para meu irmão. Comíamos rápido, no escuro da cozinha, e logo voltávamos para a sala, com cara de santo. Santo sonso.

Hoje, quando me lembro das duas delícias, a da geladeira e a da alcatra, descubro que a mais gostosa não era nenhuma das duas. O croquete mais saboroso do mundo era aquele guardado para o meu irmão.

BIFES VOADORES

Francisco José era Chiquinho; Carlos Alberto, Betinho. Dois irmãos inseparáveis, bons de bola, de pipa, de pique, de bicicleta. Magricelas e agilíssimos, ganhavam as corridas entre os meninos do prédio e, no futebol, chegavam sempre antes da zaga. Gostavam de brincar aqueles dois. A educação era lusitana, ou seja, uma sonora palmada vale mais do que horas de conversa.

Dona Alaíde, uma portuguesa baixinha de canelas grossas, usava a sandália havaiana mais para "educar" os meninos do que para calçar os pés.

Os vizinhos de prédio já conheciam a rotina. Às 5 da tarde, Dona Alaíde gritava por eles da janela do quarto andar. Lá de baixo, eles respondiam que faltava apenas um gol, que era só mais um minuto. O diálogo ia longe, sempre em altíssimo volume, até que lá pelas 6 da tarde Dona Alaíde ameaçava:

— Ou vocês sobem ou vou buscar vocês aí embaixo.

Os dois respondiam que estavam a caminho, e aí começava uma molecagem que todos adoravam, menos ela. Dona Alaíde descia pelo elevador e eles subiam pela escada.

Lá de cima, quem gritava agora eram eles:

— Mãe!!!!! Não tenho a chave.

Ela subia, eles desciam.

Ela berrava, eles pediam:

— Desce!!!

Ela atendia e eles corriam lá pra cima.

A farsa ia longe, apenas mais uma brincadeira para a dupla.

Chiquinho e Betinho nunca cansavam...

Na hora do almoço, chegavam suados da escola com canelas roxas, uniforme sujo. Não queriam comer, muito menos tomar banho. Ansiavam logo pela hora de descer, não tinham tempo para a lição de casa. Não viam tevê, não falavam ao telefone.

A rua chamava e eles atendiam.

Eu, dois ou três anos mais velho, morava no apartamento ao lado e ouvia tudo.

Dona Alaíde obrigava e eles obedeciam, mas daquele jeito. O banho era supersônico e o almoço vinha em seguida.

Eram de Dona Alaíde os mais cheirosos bifes da rua. Porém, a dupla não podia desperdiçar seus preciosos minutos com almoços e, aparentemente, engolia o que estava no prato.

Depois que botava a comida na mesa, Dona Alaíde preparava o Ki-Suco, um suco em pó de sabores coloridos e variados, que levava água gelada e bastante açúcar. Quando a bebida chegava à mesa, pronto, os meninos já tinham comido os bifes, sobrava apenas um pouco do feijão com arroz e da batata frita. Ela andava desconfiada, mas o que eles podiam fazer com a carne a não ser comer?

A dúvida levou Dona Alaíde a colocar um espelho na cozinha e, assim, enquanto estava de costas fazendo o suco podia ver os filhos. E logo no primeiro dia uma terrível descoberta: o mesmo garfo que espetava o bife servia para lançá-lo pela janela.

Verdade seja dita: os dois tinham uma pontaria invejável. Os bifes, de puro e caríssimo filé mignon, iam girando e voavam longe. Inteirinhos, sem nenhuma mordida. Contendo a revolta, com vontade de berrar, espancar e chorar ao mesmo tempo, ela viu os dois filhos rindo com os olhos e admirando mutuamente a potência e pontaria dos arremessos. Lá embaixo, pelo menos uma dezena de meninos e dois vira-latas se divertiam com os bifes alados de Chiquinho e Betinho.

Dessa vez, Dona Alaíde não gritou nem bateu. Falou baixo, duro e sério. Quando Seu António, o pai, chegou, a surra foi de cinto e durante um mês o futebol e as brincadeiras perderam seus astros maiores.

Vieram outras travessuras e surras, mas dessa nunca esqueci. Eram bons aqueles dois. Sabiam brincar, sabiam apanhar. Choravam em silêncio e, no fim, diziam compenetrados, escolhendo as palavras certas.

— A senhora tem razão, mãe, nunca mais farei isso. Desculpe, me perdoa, vai?

No dia seguinte saiam de cabelo grudado de *gumex*, correndo pela rua e chutando o maior número possível de tampinhas de refrigerante. Era o clássico da manhã, gritavam os dois vascaínos.

Dia desses voltei ao bairro de Vila Isabel, no Rio de Janeiro, para mostrar às minhas filhas o cenário dessa história que tantas vezes lhes contei. Mas, claro, ver a cena era (re)viver a saga dos dois heróis.

O edifício Silvana, Rua Torres Homem 710, Vila Isabel, ainda está lá, um pouco modificado, é verdade. Ganhou câmeras, interfone, grades. Perdeu hospitalidade, simpatia, vida.

Mesmo assim entramos e, lá de baixo, do *playground*, vimos a janela de onde os bifes decolavam.

No edifício, ninguém sabe mais de Francisco José e Carlos Alberto, muito menos de Alaíde e António.

— Mudaram — disse lacônico o porteiro por trás de um vidro espelhado.

Minhas filhas e eu estávamos com fome e vontade de falar mais. Descobrimos ali perto uma churrascaria, fomos voando pra lá.

SÍNDICOS

Nem se falavam e já se odiavam. Ela, síndica, solteirona, sexagenária. Ele, travesso, ardiloso, pré-adolescente. Tudo se agravou numa quarta-feira de chuva.

A água fez o serviço que ele e os amigos esperavam. Encharcada, a terra retirada do subsolo pela companhia de gás virou lama. Densa, viscosa, barrenta... Ideal para uma batalha entre as tropas de cada calçada. A poucos metros dali, o edifício Silvana.

Depois de anos de maus tratos, o prédio finalmente passava por uma reforma. A portaria ganhava móveis e pintura. *E as pestes, cobertas de lama, em poucos minutos estariam ali*, pensou a síndica.

Certamente iam descansar no novo grupo estofado que nem tinha começado a ser pago. Era vandalismo demais e ela precisava ser rápida... Com a agilidade dos bons administradores, a síndica foi ao apartamento do menino e brigou com os pais. Ou eles tiravam o garoto de lá ou vinha multa e anotação no livro de ocorrência. Mais rápido ainda, ela chamou as companheiras do Conselho Fiscal e juntas viram eufóricas quando o garoto foi arrancado da rua pelas orelhas.

Em silêncio, o menino prometeu vingança. Ela veria do que uma mão suja era capaz. No dia seguinte, ele nem desceu para brincar. Esperou a chegada do fusca vermelho que levava Dona Hercília de casa ao trabalho na prefeitura. Enquanto ela manobrava o carro, ele limpava a narina esquerda.

O material era vasto. Estava sendo preservado desde a manhã... O resultado da limpeza foi depositado com muito cuidado no botão do elevador. Exatamente ali onde Dona Hercília colocou o indicador e pressionou. Foram necessários alguns segundos para que ela entendesse o que havia acontecido. Primeiro o nojo, depois a raiva, e, por fim, o ódio.

De longe, os amigos testemunhavam o sucesso do plano.

— Calma — ele sussurrava orgulhoso. — Essa é só a primeira parte.

Enquanto a ira subia de elevador, o estrategista voava pelas escadas. A faxina na outra narina era agora depositada sobre o botão da campainha.

A megera, que condenava os moradores à escuridão dos corredores para diminuir os gastos com a energia, não ia ver, mas certamente sentiria na pele o quanto uma vingança pode ser pegajosa. A plateia novamente viu e mais uma vez delirou. O dia dela tinha finalmente chegado.

O tempo passou, Dona Hercília ficou doente, depois deixou o cargo e o prédio. Ninguém mais soube dela. O menino já era homem, não ficou doente, mas também se mudou e com o FGTS deu entrada no apartamento novo. Prédio com varanda, piscina e churrasqueira.

Sua dificuldade agora era o condomínio de quase R$ 600,00. A necessidade pariu a ideia e, para se livrar da despesa, se candidatou e foi eleito por unanimidade. Era o novo síndico do prédio. Os tempos já eram outros. Com TV a cabo e internet, as crianças do prédio não incomodavam. A administradora cuidava da burocracia e ele até que estava gostando.

O único morador que já estava na mira do zelador e das câmeras — que costumava vedar com camisetas e camisinhas — era o César do terceiro andar: dezesseis anos, malhador e frequentador da *Lan House* do bairro. Ele era a paixão das meninas. Os dois, síndico e jovem, também não se falavam, mas tampouco se odiavam. Conheciam-se apenas de vista.

Mas isso foi até aquela noite. César namorava na escada com a Tainá, do trinta e um. De lá, levou-a ao carro do pai que ficava aberto na garagem. Ali ficaram juntos. Depois, ela subiu e ele, com uma insuportável vontade de fazer xixi, escolheu uma coluna da garagem e começou o serviço.

As noites de terça eram também especiais para o sindico. Ele jogava futebol e depois conversava com os amigos. Trinta minutos no campo, três horas no bar. Tanta cerveja que o centro-avante achou que não ia controlar a bexiga. E ele tinha razão. Quando parou o carro na garagem, a vontade se tornou incontrolável.

Com a chegada do carro, César tremeu, se arrependeu de não ter ido ao banheiro de casa e só não se mijou porque já estava em plena atividade. O síndico teve a mesma ideia e, com a calça já aberta, quase esbarrou no colega de coluna. Que situação! Os dois ali no escuro com as calças abertas...

Não, não dava pra falar nada. Ou dava? Ele piscou o olho para o jovem ainda assustado e pediu:

— Fica tudo entre nós, ninguém vai saber. Aliás, adoro fazer isso.

César subiu correndo as escadas, pensando que tinha ganho um amigo e cúmplice.

Uma daquelas histórias fantásticas que nem adiantava contar. Ninguém acreditaria. Segundos depois, era o síndico que, no elevador, pensava em Dona Hercília, na infância e nas molecagens que não escolhem a idade de seus moleques. O porteiro da noite cochilava, não viu a cena mostrada pelas câmeras da garagem e, quando um outro morador reclamou do chão molhado e mau cheiroso, ele disse:

— É melhor reclamar com o síndico.

AVÓS

Manduca se gabava de ser o Don Juan do Catete.

O bairro, endereço de boa parte da aristocracia carioca no início do século XX, era moradia também dos presidentes da República. Pois bem, era lá que Manduca desfilava de terno engomado e sapatos brancos de verniz. O malandro tinha mulher e filhos, mas se dedicava de verdade à boêmia e aos rabos de saia.

Naquele dia, fez uma visita surpresa à cunhada. Há tempos estava de olho na irmã da esposa e já tinha decidido que ia ser ali e agora. Sabia que naquele horário os sobrinhos estavam na escola e o cunhado no quartel. Tudo do jeito que queria: a mulher sozinha e o plano em ação. Primeiro conversou, depois elogiou, e, por fim, deu o bote. A cunhada se esquivou e, ao mesmo tempo, meteu-lhe as unhas na cara já correndo para cozinha em busca de uma faca para por fim à canalhice.

Manduca sussurrou ainda dissimulado:

— Por favor, não grite. Mantenha a calma e me desculpe, não pude resistir...

Levou mais uma bolacha e foi posto pela porta afora. O malandro se assustou ainda sem saber que o pior estava por vir.

No dia seguinte, recebeu uma carta do cunhado. Seca, dizia em poucas linhas: "Escolha as armas, calhorda, porque vai haver duelo. E não adianta fingir que não a recebeu. Se não reagir, vai levar uma surra e morrer do mesmo jeito". Um duelo com juiz e testemunhas. Era assim que o cunhado queria resolver a questão.

Não foi medo, foi pânico o que o malandro sentiu. Ele sabia não ter chance. O cunhado era mais forte e, com a honra ferida, era ainda mais perigoso. Militar, atirava bem e tinha fama de ser habilidoso com a espada. Não havia armas e muito menos coragem para enfrentá-lo.

Manduca arrumou as malas e se mudou o mais rápido que pôde com mulher e filhos. Não trocou apenas de bairro, mas de cidade. Foi para Vassouras, interior do Rio, varrido e corrido.

João, o homem que expulsou do Rio de Janeiro um de seus mais temidos malandros, era um brasileiro simples, nascido em Colinas, no Maranhão.

Aos 18 anos viu na porta de um armazém o cartaz: ALISTE-SE VOCÊ TAMBÉM, VENHA PARTICIPAR DO MAIOR DESFILE MILITAR DA HISTÓRIA DO BRASIL. Ao lado do texto, jovens com o uniforme do exército em posição de sentido.

O rapaz arrumou as poucas roupas numa bolsa velha e seguiu viagem, a primeira de sua vida. Lá foi João. Chegou, procurou o quartel e, na mesma hora, se tornou o mais novo recruta do Exército Brasileiro.

Mais ou menos na mesma época, desembarcava no porto da Praça Mauá, centro do Rio, um navio lotado de imigrantes portugueses. Entre eles, um adolescente cheio de curiosidades e também de medo. Era Constantino Pinto, portuguesinho bonito e sorridente que só pensava em conhecer as brasileiras e ganhar dinheiro. Afinal, pensava ele, uma viagem tão longa e cansativa como aquela tinha que ter suas compensações.

Aos 14 anos, Constantino era analfabeto, mas com a ajuda de um guarda de trânsito conheceu as primeiras letras. Em duas semanas já escrevia o nome. Em dois meses estava alfabetizado, mas manteve a amizade com o guarda-professor. Foi o policial que o levou ao primeiro jogo do Vasco da Gama e também às primeiras rodas de samba.

Conhecer a cidade e, acima de tudo, ler e escrever, permitiu ao jovem imigrante, que sempre foi bom de conversa, tornar-se um dos melhores vendedores do varejo da antiga capital do país. Num tempo em que boa parte do comércio era lusitano, o pequeno português, já apelidado de Pintinho, mostrava que era um gênio das vendas.

Abria o mostruário e repetia num sotaque propositalmente carregado: "os milhores ticidos pelos milhores pricinhos!".

Em alguns anos, fundou a Fábrica de Gravatas Brasil.

Constantino fez empréstimos, comprou as máquinas mais modernas e investiu na mão de obra mais qualificada. Quando os vendedores não tinham sucesso, lá ia Constantino em seus melhores ternos e nas mais elegantes gravatas convencer seus patrícios. Nunca voltava de mãos vazias.

Foi assim que o ex-analfabeto viu os dois filhos se formarem na faculdade. João, aquele que veio do Maranhão, já era sargento, mas não só isso.

Nos primeiros anos de quartel, João não queria ir ao cinema, ao futebol ou à praia, quase obcecado por aprender uma profissão. Passava os dias de folga percorrendo o centro e se encantava com a agitação do comércio ambulante da metrópole.

A abordagem era sempre a mesma. Parava, olhava e perguntava se o ambulante precisava de um auxiliar. Quando o homem respondia que não podia pagar, ele dizia que não havia problema, pois também não conhecia o ofício. Diante de um olhar estupefato, fazia a proposta: *eu ajudo o senhor, não recebo nada, mas aprendo o serviço.* Sim, aprendia uma profissão porque antigamente ambulante não vendia pirataria, prestava serviços. Assim, lá foi João consertar panelas, reformar sapatos, amolar facas.

Quando casou, João fazia de tudo em casa: instalações elétricas, pequenos consertos e em pouco tempo já atendia à vizinhança.

Era uma época em que os cursos por correspondência chegavam ao Brasil e João tinha pressa. Inscreveu-se nas aulas de inglês, depois nas de datilografia, contabilidade. Só dispensou as apostilas de corte e costura.

Em meio à Segunda Guerra, João ou Sargento Miranda, foi transferido para Blumenau, em Santa Catarina, reduto de alemães que Getúlio Vargas queria vigiar de perto.

Mais uma vez, lá foi João. Feliz com a nova aventura, mal chegou e ofereceu uma festa aos colegas de caserna. Era aniversário da filha de cinco anos e João teve uma ideia da qual se arrependeu por muitos e muitos anos. Mandou fazer uma toalha em papel crepon para a mesa do bolo que era uma réplica da bandeira nacional. Não foi sequer advertido, mas expulso sumariamente. *Indisciplina e insubordinação*, resumiu o comandante da tropa.

João se viu desempregado, chegou a mandar uma carta ao presidente Getúlio Vargas não para pedir desculpas, mas dizendo que aceitaria as escusas do governo e a consequente readmissão. Tinha prestado uma homenagem ao país, e não desrespeitado a bandeira nacional, argumentava. Topetudo o João. Mas as autoridades do Estado Novo também eram e a punição foi mantida. João não entregou os pontos e foi trabalhar como caixa de uma loja que vendia a "melhor massa caseira das Laranjeiras". Faziam também bolos e pães confeitados.

Em um ano, passou a cuidar da contabilidade e a fazer traduções de revistas americanas com receitas de massas, molhos e tortas.

Assim como João, Constantino sabia se virar e era então um industrial respeitável. Um homem que se sentia realizado, que amava a família e os amigos, mas, gastador como só ele, distribuía festas e presentes, consumia muito mais do que podia. Comprava bacalhau em caixas de 10, 20 quilos, o azeite, também legítimo português, vinha em litros. Gostava de fartura o Pintinho, vibrava com mesas repletas de boa comida e de convidados, que, como a comida, vinham a granel e, com eles, os convidados dos convidados. Muita gente para se divertir e só um para pagar.

O homem generoso, de tantas amizades, percebeu da pior forma possível que os banqueiros não tinham amigos. Com pouco mais de 50 anos, morreu vítima de um infarto fulminante, sufocado por dívidas e pelo risco de não poder pagar em dia os salários de seus empregados. O comércio de roupas ficou de luto. Rezaram missas e choraram a morte do portuguesinho de coração grande.

João não era mais caixa da loja de macarrão, tinha se tornado gerente.

Um dia, chegou pelo correio a resposta tanto tempo aguardada. Num envelope timbrado, uma carta de retratação do Exército. O pedido de desculpas informava também que ele tinha direito a todos os atrasados, uma indenização polpuda, que, apesar disso, como o próprio texto destacava, era insuficiente para reparar a injustiça cometida. Na última linha, uma assinatura: Getúlio Vargas. Era o presidente de volta ao Palácio do Catete em seu segundo mandato, ainda em tempo de corrigir velhos erros.

João não teve tempo de aproveitar a indenização, mas deixou três apartamentos e uma pensão para a mulher e os dois filhos, e até hoje – quase cinquenta anos depois – ainda é recebida pela filha. João e Constantino não se conheceram, mas o filho de um e a filha de outro sim. Namoraram, casaram, tiveram filhos.

São os netos que, quando crianças, ouviram as histórias e agora contam com orgulho as peripécias de seus avós. Normalmente é o contrário. São os avós que contam as proezas dos netos, não é?

Mas João Miranda e Constantino Pinto não eram mesmo homens comuns.

CHUVA DE OUTONO

Tempestade de verão a gente conhece: é forte e rápida. Agora são as chuvas de outono que nos visitam nas tardes iluminadas de abril. Como a estação não é das águas, elas mais surpreendem do que encharcam. E foi uma dessas que pegou, e molhou, as duas amigas.

Vamos começar por Adelaide. Aliás, você já reparou como alguns nomes indicam a idade dos donos?

Ou você conhece alguma jovem chamada Adelaide? Esta tem setenta e cinco anos. Netos, bisnetos; eleições, copas do mundo; amores e amizades...

Uma vida inteira bem vivida que dava a ela a certeza de já ter visto tudo. Mas Olga, a melhor amiga, tinha sempre uma novidade. Certa vez, elas saíam do chá com torradas e quando chegaram à rua, descobriram que o céu da quarta-feira não era mais azul. Era céu de chumbo que logo desabou em trovoadas.

A chuva já era temporal quando Olga, resoluta, pegou a amiga pelo braço e ao mesmo tempo ordenou:

—Vamos ao cinema aqui ao lado!

Adelaide nem teve tempo de dizer que já tinha visto e detestado o filme em cartaz. Olga já estava cara a cara com o bilheteiro do cinema e intimou:

—Você achou o meu guarda-chuva aí dentro?

O homem sorriu, mas Olga não queria graça.

— Estive ontem na sessão das duas e esqueci meu guarda-chuva na poltrona do canto, na penúltima fila.

E um pouco mais impaciente, prosseguiu:

— É artigo raro, feito à mão e comprado em Buenos Aires.

E com olhos marejados:

— Quem me deu esse não dá mais nada. Foi presente de casamento do meu finado marido.

Ele pensou por um segundo. Parecia armação, mas juntas as duas passavam de um século e meio de vida. O que aconteceria se as duas se gripassem por causa da chuva? Ele havia visto no telejornal que nos idosos as pneumonias são fatais. Pensou na mãe, na avó e, já convencido, refletiu: "Além de tudo pode ser verdade. Por que não?".

—Vou levá-las à sala de achados e perdidos.

Olga tomou a frente. Viu carteiras, bolsas, óculos, celulares e, no canto, junto à parede, uma pilha de guarda-chuvas.

Viu, viu de novo e gritou:

— Fui roubada!. Meu guarda-chuva não é nenhum desses! O meu era de *nylon*, fundo azul celeste com orquídeas roxas, cabo de madrepérola, haste cromada... Os que você tem aqui são de camelô, é coisa do Paraguai. Isso não pode e não vai ficar assim!

Agora era a voz que estava embargada.

— Nunca imaginei que com quase oitenta anos fosse passar por uma humilhação dessas e aqui, justamente aqui. Você não sabe, mas este é meu cinema favorito. Vi *E o Vento Levou* com meu marido, *Noviça Rebelde* com meus filhos, *Scooby Doo* com meus netos...

O bilheteiro ofereceu um copo d'água e pediu:

— Calma, madame, esses guarda-chuvas já estão aqui faz tempo. Escolha o que quiser e fique com ele. Ninguém vai saber de nada.

Adelaide entrou na conversa.

— Olga, aceite a gentileza do rapaz. A gente se protege do aguaceiro e amanhã devolve.

O bilheteiro completou:

— De jeito nenhum, o guarda-chuva é das senhoras. Na ausência do gerente, sou eu a autoridade. É um presente, o mínimo que posso fazer diante desse lamentável incidente.

Adelaide agradece pela amiga, ainda emburrada, e segue em frente já com o guarda-chuva aberto.

Ela, mais que ninguém, sabe que foi um golpe e, desviando das poças, provoca:

— O que deu em você menina? Eu quase acreditei!

Olga sustentou:

— Se você não quer acreditar, o problema é seu. Para mim, o caso está superado e nem vou prestar queixa à polícia.

Secas e felizes, as duas se despedem. No dia seguinte, a dupla segue para o cabeleireiro e ouve a provocação do bilheteiro.

— As senhoras não precisam de um guarda-chuva?

E Olga:

— Por enquanto não, meu filho, pois o tempo está firme, mas se o sol continuar forte, passo aí na volta para pegar uma sombrinha.

BECO COM SAÍDA

Caixa prateada de vidro, concreto e bastante alumínio. O *shopping center* tem janelas espelhadas, daquelas que não deixam ver nada nem de dentro pra fora e muito menos de fora pra dentro. Há também seguranças, câmeras, cancelas eletrônicas, segurança máxima.

Isso hoje, pois há alguns anos ali era um beco. Beco com saída, como aqueles dos filmes italianos. Estreito na entrada, apertado na saída... Movimentado aquele beco.

Eram três prédios residenciais, duas casas e umas dez lojas. Salão de barbeiro, quitanda, floricultura, loja de artigos de umbanda — com cabeças e pés de cera, e São Jorge de louça. Havia também sapateiro, eletricista, lanchonete e um amolador de facas que consertava panelas.

Tinha ainda armarinho, loja de pássaros e peixes de aquário e, lá no fim, meio escondido, um ponto de jogo do bicho. O que dava mais vida ao beco é que cada comerciante tinha um horário. Hora para abrir, para fechar, para almoçar. Todos se frequentavam, eram clientes deles mesmos.

De um apartamento no segundo andar, dona Lili via, vivia e ouvia aquela rotina. Acordava com a abertura das lojas, identificava as primeiras conversas. Passava boa parte das manhãs na janela, horário de pouco sol e muito movimento. Era possível ver um pedacinho azul do mar de Copacabana entre os outros prédios, mas ela não perdia tempo com isso. Era do beco que gostava.

O neto caçula ficava em cima de um banco e, na ponta dos pés, via tudo enquanto ouvia a avó. Lá embaixo, cada um tinha uma história. O bicheiro já havia dormido na cadeia. A mulher do sapateiro bebia e gostava de escândalo. O último tinha sido tão deprimente que o homem baixou a porta e só reapareceu uma semana depois. O japonês da loja de peixes namorava em segredo a filha do português da lanchonete. A dona da quitanda ia tirar a filha da faculdade de Direito, culpa da concorrência desleal do supermercado.

Mas era no fim da semana que o beco se alegrava. Famílias indo à praia, caminhões de entrega fechando a rua, turistas passeando. Sábado era dia de bons negócios no beco. Tão bom que ela dificilmente saía de casa. Já nos outros dias, a rotina se repetia. No fim de cada manhã, Dona Lili fechava a janela e descia. Passava séria por todos. No máximo dava bom dia, e recebia de volta o cumprimento. Era esse o diálogo há mais de dez anos.

Até que a janela se fechou pra sempre. E Lili, que sabia de tudo, não teve tempo de descobrir que também era observada, admirada e conhecida como a "senhora da janela". E o melhor: enquanto as cortinas não se abriam, o dia não começava pra eles.

Dona Lili nunca imaginou, mas a turma do beco também tinha os hábitos dela sob controle. Sabia quando a vizinha ia ao banco, ao supermercado, à missa. Era da altivez, do jeito sério que eles mais gostavam. O respeito era quase temor. Por isso, apesar de toda a proximidade, nunca houve conversa.

A saudade coletiva só diminuiu no dia em que os homens da construtora chegaram e compraram de uma vez só os prédios, as lojas, as casas. E decretaram: em três meses começa a demolição! Ainda bem que Dona Lili se despediu antes de ver o beco sem saída!

BANDEIRA BRANCA

Ele era só um operador de áudio. Só não. Modular os microfones, harmonizar graves e agudos, e fazer vinhetas não é para qualquer um. O operador é também a alma e a voz de uma emissora de rádio. E Laércio era dos bons, pelo menos é o que contam.

Chegou garoto e num tempo em que o rádio era o principal veículo de comunicação do país. O menino de calças curtas viu, conheceu e se tornou amigo de ídolos como Francisco Alves, o Rei da Voz, Emilinha e Marlene, as eternas rivais, de iniciantes que seriam famosos, de astros em decadência, de simples mortais que um dia saíram da rádio e da vida assim como chegaram, de repente.

Laércio era pau para toda obra, trabalhava em transmissões esportivas, debates, coberturas externas, radionovelas. Porém, gostava mesmo dos programas de auditório, dos grandes musicais. A rádio era a Guanabara, uma das maiores da época e que atraía uma multidão de ouvintes diariamente. Eram milhares de pessoas em frente ao prédio, localizado ao lado da sede do Cordão do Bola Preta — o mais tradicional bloco de carnaval da cidade — em plena Cinelândia, um dos pontos mais importantes do Rio de Janeiro na época.

Sem que ninguém soubesse, Laércio começou a compor algumas músicas na esquina de duas avenidas importantes perto da rádio, local chamado de Ponto dos Compositores. Na calçada, ou em alguns dos muitos bares das redondezas, quem tinha letra procurava parceiro com melodia e vice-versa. Foi assim que grandes sucessos surgiram. Poucos admitiam, mas ali muitos vendiam música, ou seja, abriam mão da autoria em troca de dinheiro. Isso aconteceu com grandes compositores. Conta-se que Cartola, Nelson Cavaquinho e outros "bambas" venderam grandes sucessos por quantias ínfimas quando ainda eram desconhecidos.

Laércio nem vendeu nem comprou, mas se inspirou. Se na entrada ouvia as histórias do povo, na saída ia em busca dos artistas. Com um amigo-parceiro, compôs uma marchinha que, ao contrário de tantas outras, tratava da dor de cotovelo, da angústia de quem quer fazer as pazes, porém descobre aturdido que a ex nunca mais será atual. Além dos dois, pouca gente gostou. A música é boa, a letra ótima, diziam, mas onde já se viu música de carnaval triste?

Laércio tinha um trunfo na manga. Afinal, foram anos e anos trabalhando com artistas. Os melhores cantores e cantoras ficavam ainda mais afinados com sua sonoplastia. Era isso, disse a si mesmo, tinha amigos, gente poderosa, influente. Um deles poderia transformar sua música em sucesso. Foram dias de dúvida: falar com quem?

A decisão, amadurecida em noites e noites de insônia, veio na lembrança daquela que para muitos era Maria Callas da Praça Mauá, e para ele era uma grande amiga: Dalva. Sim, a Dalva de Oliveira. Ela já era uma intérprete consagrada, casada com o grande compositor Herivelton Martins. Os dois tinham um filho com jeito de cantor que depois ficaria conhecido como Pery Ribeiro.

— Conte comigo, não fique envergonhado, se estiver ao meu alcance eu resolvo — foram muitas as vezes que Dalva estimulou o amigo a recorrer a ela.

Laércio tomou coragem, ensaiou o pedido na frente do espelho uma, duas, dez vezes. No entanto, Dalva vivia cercada de empresários, jornalistas, puxa-sacos em geral. Às vezes até vinha ao encontro do amigo, mas ele desconversava. Como ia falar de um assunto tão pessoal diante de tanta gente?

Numa sexta-feira foi ao camarim. Envergonhado, sem saber onde botar as mãos e já começando a suar, ele criou coragem:

— Dalva, para mim você é a melhor cantora do Brasil e há quase um ano quero lhe mostrar uma música — disparou. — Gostaria muito que você a incluísse no seu disco...

Dalva entendeu a aflição do amigo, mas ao mesmo tempo ouvia pedidos como aquele todo dia. Disse que o disco daquele ano já estava pronto, mas com um sorriso confiante deu esperança:

— Quem sabe no ano que vem?

Sem nunca esquecer, Laércio aguardou e voltou à carga na primavera seguinte. Sofreu para falar com a mesma timidez e, dessa vez, tomou uma cerveja para espantar o medo.

— Dalva, lembra daquela música que lhe ofereci no ano passado?

— Claro. Olha, dessa vez ainda dá tempo. Canta para mim?

Laércio cantou e Dalva prometeu falar com o empresário. Mas o homem que decidia foi implacável:

— Não presta! Não empolga! Não vende!

Dalva insistiu, contou toda a história, mas não teve jeito.

Mais um ano, mais um disco e dessa vez Laércio fez a investida no inverno. Assim teria mais tempo, raciocinou. De novo, Dalva prometeu e tentou, mas o empresário barrou mais uma vez:

— É ruim, é desanimada, esquece!

Laércio já tinha sido promovido, Dalva trocado de gravadora e foi esse motivo que o encorajou.

— Dalva...

— Nem precisa terminar Laércio, vou tentar de novo.

Depois de tantas negativas, Dalva talvez já achasse mesmo a música ruim, mas o disco tinha mais de vinte faixas e, como naquela época eram dois lados, a composição poderia ficar escondida. Quem sabe se fosse a número seis ou sete do lado B?

Nem assim o novo empresário se animou.

— Dalva, essa é sua volta ao mercado. Precisamos mostrar composições mais modernas, mais alegres e, além disso, quem são esses compositores? — disse, desmerecendo ao mesmo tempo, música, letra e autoria.

O acaso, a falta de coisa melhor, a insistência de Dalva ou tudo isso misturado acabaram operando o milagre: a música finalmente foi aprovada. O disco foi para as lojas e logo tocava nas rádios, mas a repercussão não foi das melhores. A primeira música do lado A não emplacou, a do lado B muito menos. Até que alguém teria tocado a tal marchinha tantos anos rejeitada.

O título é aquele do início, Bandeira Branca. A letra é essa aí de baixo. Você se lembra?

> Bandeira branca amor
> Não posso mais
> Pela saudade que me invade
> Eu peço paz (bis)
> Saudade mal de amor, de amor
> Saudade dor que dói demais
> Vem meu amor
> Bandeira branca, eu peço paz

Essa é a versão que me acostumei a ouvir lá na rádio. Quem acompanhou conta que a música ficou em primeiro lugar nas paradas por muito tempo. Nos bailes de carnaval, Bandeira Branca era a mais tocada e a mais cantada. A melodia envolvente combinava com a letra simples e direta, música gostosa de cantar, daquelas que se assobia no trem, no elevador...

Bandeira Branca encantou foliões de todo o Brasil. Na época, comentava-se que Laércio, agora diretor da Rádio Bandeirantes, antiga Rádio Guanabara, ganhava, só naquele período, muitas vezes mais do que a soma dos salários de todo o ano. Laércio Alves, esse era o nome completo de nosso obstinado personagem, que tinha como parceiro na música ninguém menos que Max Nunes.

Max é um homem conhecido e respeitado pela criatividade, um desses artistas polivalentes que sempre fez muitas coisas ao mesmo tempo e quase todas com sucesso. Médico formado, Max brilhava em vários programas, mas se destacava mesmo como humorista. Criou o "Balança Mas Não Cai". Até hoje, com mais de oitenta anos, trabalha como roteirista do Programa do Jô.

Encontrei com ele outro dia e perguntei se a versão contada lá na rádio era verdadeira. No fundo queria que fosse. Como a gente passa a gostar da história, saber que não foi bem aquilo, soa quase como uma desilusão, uma traição.

Max foi educado, mas objetivo:

— Não é nada disso! Primeiro, Laércio não compôs nada. Letra e música são de autoria minha. A parceria foi oferecida a Laércio porque esse era, digamos, um excelente divulgador.

Max disse também que não houve tantas recusas assim. Laércio estaria valorizando então?

— Talvez — ele responde evasivo.

E conta mais. Não teria sido Dalva a lançar a música, mas sim a marchinha que a resgatou do esquecimento. Dalva estaria um tanto ultrapassada, mas como a música voltou às paradas e passou a ser comum durante os *shows*, a plateia passou a agitar lenços brancos. No entanto, um fato parece inquestionável: a música ficou mesmo anos e anos esquecida.

Deixando as diferenças para lá, toda essa história repleta de meias verdades mostra o abismo entre o gosto do público e a preferência da crítica, entre as teses dos sábios da indústria cultural e as impressões daqueles que simplesmente gostam de música. Revela também as diferenças entre parceiros, mas tudo de forma muito afetuosa como a Bandeira Branca de paz e de amor.

OS ECONOMISTAS

Os jornalistas que gosto de ler, os amigos que entendem de música, e outras pessoas que só conheço de nome começaram a comentar. Aí, o que prometia ser programa para poucos, virou notícia. Mesmo quem não tem muita intimidade com o assunto, passou a alardear por botecos, programas de TV a cabo e rádios. Vem aí "o show". Virou modismo elogiar, anunciar, mesmo sem saber se se tratava ou não de propaganda enganosa.

Não era. Elton Medeiros sempre foi titular do primeiro time. Parceiro e amigo — esta palavra tem muita importância para ele e falo sobre isso daqui a pouco — de Cartola, Nelson Cavaquinho, Ismael Silva, Zé Ketti, Paulinho da Viola... Elton Medeiros nunca precisou de grandes sucessos, Discos de Ouro ou Platina, para mostrar a qualidade de sua obra. Nunca fez *marketing*, nunca foi ao Faustão, dá poucas entrevistas, sabe compor e cantar. Faz samba de primeira, o Elton.

E mais: só trabalha com amigos. Pode conhecer o sambista, mas só depois de encontrar identificação de ideias e opiniões, conversar muito, conhecer a família e, de novo, os amigos, aceita a parceria. Elton não tem pressa. Compõe brincando, ele gosta de contar. Com Paulinho já fez sambas até no banheiro. O *show* comemorava os 75 anos de vida dele. O endereço: uma casa de *shows* na Lapa carioca, claro.

Eu, que estava em São Paulo, viajei até o Rio, e do aeroporto fui direto para a bilheteria. Não havia mais ingressos, me informou o segurança. Mas, me deu alguma esperança:

— Chegue cedo e entre na fila, pois sempre tem convidado que não aparece. É uma gente rica e mal educada. Onde já se viu perder uma oportunidade dessas — ele concluiu.

Sempre dei sorte com filas de espera, avião, *shows*, hotéis. Como ainda faltavam doze horas, fui até o Leblon visitar meu irmão. Mal sabia eu que outro *show* estava para começar.

Meu irmão Roberto fala pouco e ouve muito. Existem poucos irmãos tão generosos e amigos como ele, mas o silêncio, às vezes, é mais do que irritante, é odioso. Foi assim nesse dia.

Era início de tarde e Roberto me convidou para um passeio no calçadão. Meu irmão não gosta de samba, mas quando vê que eu me interesso, se interessa também. Contei para ele, em detalhes. É assim que ele gosta das histórias, todos os rumores que rondavam o *show*, e em como a apresentação única do sambista, antes mesmo de começar, já era histórica. Expliquei quem era Elton Medeiros, a importância dos parceiros, cantarolei algumas músicas. E ele, quieto, no máximo sorria.

Depois que falei bastante, ele disse com toda naturalidade:

— Ah, o seu Elton, esse eu conheço bem!

Que surpresa, nunca imaginei que meu irmão — até ele — conhecesse o Elton.

E então, perguntei:

— O que me diz das músicas?

— Não conheço — ele respondeu mantendo o mesmo sorriso.

— Como assim — quis saber, já ansioso.

— Seu Elton é velho amigo.

Aí foi demais, em vez de ansioso, fiquei irritado.

— Como você conhece um ídolo meu e nunca me conta, nunca dá uma pista? Ou você está brincando?

Silêncio, sorriso, ar de superioridade.

— Fala!

— Calma — ele diz se divertindo —, seu Elton estudou comigo.

Senti-me traído, mas não podia correr o risco de perder a revelação e engoli calado.

Roberto contou com calma.

— Seu Elton entrou na nossa turma do curso de Economia, nos anos setenta. Sentava lá atrás, era bem mais velho. Ele falava pouco, estudava muito, era um dos primeiros da classe. Numa época em que era obrigatório na faculdade comprar os discos de Led Zepellin e Uriah Heep, fomos descobrindo que havia um sambista no grupo.

Totalmente surpreso e desconcertado, perguntei:

— Roberto, por que você nunca me contou?

— Ora, ora, você nunca me perguntou.

Aí piorou de vez, uma provocação daquelas que os irmãos sabem fazer como ninguém. Como eu poderia desafiar o imponderável, o impensável? Minha vontade era rebater: como se eu não sabia, como se você nunca me deu uma pista, é como se eu perguntasse agora: é verdade que você é vizinho do Paulinho da Viola, frequenta a mesma livraria que a Fernanda Montenegro, costuma pegar carona com Gisele Bündchen?

Mas Roberto me acalmou contando mais. Falou do jeito discreto do seu Elton, de como foram divertidas as poucas vezes que saíram juntos, de como o sambista entendia de juros compostos e fluxo de caixa.

Até no futebol seu Elton comparecia, mas aí apenas como torcedor. Diante desse relato, fiquei encantado e, ao mesmo tempo, estupefato por nunca ter lido uma linha sobre isso.

Na hora pensei: *acabo de ganhar um trunfo*. Na verdade, uma informação preciosa, daquelas que gostamos de exibir numa roda de amigos. Eu, pelo menos, adoro. Um furo, diria um jornalista.

Despedi-me e voltei à Lapa. Logo pude comprar um ingresso desprezado por um *vip* qualquer, como bem disse o segurança.

Faltava meia hora e vi os bambas do samba e do jornalismo chegarem. Foi bonito assistir a chegada de Ruy Castro, Ivan Lessa, Lucia Guimarães, João Máximo, os Sergios, Augusto e Cabral e sambistas como Valter Alfaiate, Casquinha e Carlinhos Vergueiro.

O *show* foi mesmo inesquecível. Elton interpretou músicas inéditas, harmonias belíssimas e, ao mesmo tempo, tão simples, gostosas de cantar. Simples também os nomes dos sambas. Vestido Tubinho, Partiu, Dívidas, Mundo. Um melhor que o outro. A casa lotada, todos em silêncio, maravilhados.

O nome do *show* foi "Bem que Mereci". Elton explicou que era uma homenagem aos 75 anos de vida, aos amigos e aos amores que ele bem mereceu. Estava feliz e elegante num paletó azul marinho, calça branca e sapato de verniz.

O *show* acabou e eu ainda fiquei por ali na ilusão de falar com algum famoso, quem sabe o próprio Elton, ou pelo menos ter a chance de testemunhar um abraço de dois grandes artistas, uma conversa...

Nada. Todos se foram e eu apenas atravessei a rua. Na outra calçada, me esperava o bar Nova Capela.

Estava sozinho e sentei na única mesa disponível, oito lugares. É comum nas noites cariocas, em especial na Lapa e em bares do subúrbio, as pessoas dividirem a mesa. Ocupei a cadeira da ponta e alguns minutos depois chegaram vários músicos. Todos estavam no *show* e vieram para a saideira. Perguntaram se podiam sentar e foram se acomodando. Para minha sorte Valter Alfaiate sentou ao meu lado, de frente comigo, um pianista de casas noturnas especializado em Cartola, junto dele um parceiro de Valter e um ritmista da Mangueira. Eles esperavam a chegada de outros amigos.

Tomaram caldo verde, beberam cerveja, elogiaram a voz e a boa forma de Elton. Ouvi, quieto, algumas revelações do grupo e, quando passava das 3 da manhã, disparei com intimidade e displicência.

— Nem parece economista, o Elton, não é?

Alfaiate quase se engasgou com a couve.

— Como é que é? — perguntou surpreso.

Mantive a pose.

— Você não sabia?

Silêncio, olhares se cruzando.

Peguei um copo de cerveja, saboreei e recoloquei na mesa com a calma dos sábios. Segui em frente valorizando cada informação, cada detalhe.

— É, fez economia na Candido Mendes, aqui perto, no centro. Bom aluno e acreditem: um craque em juros compostos, um ás em fluxo de caixa. Não gostava muito de História, mas no geral era ótimo —, menti com a maior cara de pau.

Pigarreei:

— Excelente o Elton, aluno mais velho da turma, acalmava a garotada, vez por outra saía com os colegas pelos botecos. Até o futebol ele frequentava. — Quem estava na outra ponta da mesa se levantou para ouvir de perto. Alfaiate insistia.

— Rapaz, nunca ouvi falar disso. Conta mais, chegava cedo o boêmio?

— Pontualíssimo.

Foi assim que tive meus quarenta e cinco minutos de glória, estiquei o quanto pude. Falei do preço da mensalidade, do rigor dos professores e das boas notas do mestre.

Quando eles quiseram saber como eu tinha conhecimento dessa história incrível, fiz mistério.

— Nas rodas de samba sabe-se de tudo, meus amigos.

Despedi-me e, enquanto ia em direção à porta, ouvi orgulhoso, já pensando em contar tudo ao meu irmão:

— Rapaz, o cara sabe tudo, hein?

Naquela noite voltei feliz, cantando os sucessos do sambista em homenagem ao meu economista preferido.

PARTE 4

VIDA PAULISTANA

A ESTRELA INCENDIÁRIA

Direto ao assunto, como num fulminante contra-ataque.

Juvenal Barbosa é carioca e há quase vinte anos mora em São Paulo. Botafoguense de coração, apaixonado desde os sete anos. É dessa época a primeira grande decisão de sua vida: escolher o time.

Do pai, veio um conselho que, em vez de tranquilizar, assustou:

— De mulher a gente troca, de profissão e até de país também, mas time é pra sempre.

Na época, o Botafogo era a base da seleção brasileira. Rival do Santos de Pelé, o time da estrela solitária era anunciado pelos locutores como a Constelação de Talentos, a Selefogo, a orquestra de General Severiano.

E lá foi ele ao primeiro jogo. Maracanã vazio, partida feia, mas a paixão não precisava de motivos, de explicação. Aos vinte minutos de jogo, o Botafogo já tinha mais um torcedor. Desde essa época, aprendeu a desenhar a estrela de cinco pontas, cinco triângulos que se encontram para formar um pentágono, verdadeiro espetáculo da geometria! Ou na melhor definição, a Estrela Solitária do Botafogo de Futebol e Regatas

Mas parava por aí o orgulho. A fase não era das melhores para o país e para o clube. Se o Brasil enfrentou a ditadura, o Botafogo se atolou em dívidas, perdeu os craques e até o estádio. Saiu da elegante zona sul, no bairro de Botafogo — até nome de bairro o time ostentava —, e foi para o subúrbio distante de Marechal Hermes.

Times irreconhecíveis, vexame atrás de vexame. O adolescente sofria, chorava e rezava, mas o Flamengo de Zico, o Fluminense de Rivelino e o Vasco de Roberto Dinamite batiam sem dó.

Uma coleção de fracassos e nada de título. Solidário ao Brasil, o Botafogo só se recuperou no ano da primeira eleição direta para presidente, em 1989.

Juvenal já tinha 25 anos quando chegou aqui. Na mala, bandeira, uniforme do time e promessas de amor. A distância só aumentou a paixão. E veio o grande dia.

Vinte e um anos sem título, o maior jejum da história, e a decisão do campeonato carioca justamente contra o rival Flamengo. Não me lembro o mês, mas foi no ano de 1989, vinte e um anos depois do bi de 67/68.

A quatrocentos quilômetros do Maracanã lotado, Juvenal não estava nervoso, nem ansioso, apenas fora de si. A solidão paulistana, a indiferença dos vizinhos, tudo isso ficou de lado. Ele vestiu a camisa do Fogão, ligou a tevê e logo sentiu que podia não aguentar a emoção! Como tranquilizante, tomou a primeira dose de uísque.

Flamengo ataca, mais uma dose. Botafogo contra-ataca, outra. Fim do primeiro tempo, fim da garrafa.

Até que no segundo tempo... Goooooooool do Botafogo, gooooool de Maurício, camisa sete. Sete, dos sete anos que tinha ao escolher o time. Sete da camisa do maior craque da história do clube, Garrincha, a "Alegria do Povo". Sete de Jairzinho, o Furacão da Copa de setenta.

O supersticioso Juvenal ainda não sabia de outra coincidência. No sétimo andar do prédio, o morador se chamava Maurício. Mas não há tempo pra mais nada que não seja comemoração, euforia.

Juvenal está fora de si, chora e ri ao mesmo tempo. Pendurado na janela do apartamento, no bairro Pompeia, ele grita:

— Fogo, Fogo!

Agora o corpo já está quase todo para fora e os berros saúdam o artilheiro de um gol só: — Mauricio, Maurício, Fogo, Fogo.

Maurício, do sétimo andar, que detesta futebol, deduz que o apartamento do nono andar está em chamas e o vizinho clama, e muito, por socorro. É preciso agir rápido e ele liga para os bombeiros.

A viatura chega, ao mesmo tempo que o juiz encerra o jogo. O Botafogo dá a volta olímpica e Juvenal é só um corpo embriagado no carpete da sala. Não vê nem ouve mais nada. É o descanso de um campeão.

O zelador ajuda os bombeiros a abrir a porta e, claro, nenhum sinal de incêndio é encontrado.

— Fogo só se for do indivíduo aí — brinca o soldado.

Eles vão embora e a batida da porta desperta Juvenal. Ainda grogue, ele tem forças para o grito da vitória.

— Fogo! Fogo! Mauricio, você é demais!

O vizinho reage:

— Se falar meu nome de novo te mato, imbecil, tá maluco?

Juvenal imagina que o vizinho mal-humorado deve ser um flamenguista e ele não vai entrar em discussão. Ainda grogue, o campeão volta à janela, o céu é iluminado por uma estrela grande e brilhante, a Estrela Solitária.

MARTELADA

A noite de sábado foi terrível. Minha ressaca é uma dor de garganta aguda, que me fustiga e me lembra um mal que desapareceu na infância.Chamava-se nevralgia, dava nos dentes se espalhava pela gengiva, e chegava às orelhas e pescoço. É cachumba, chegaram a diagnosticar. Onde andam essas mazelas? Tive catapora braba, meu pai crupi, meu avô quase morreu de pneumonia, que por pouco não se tornou tuberculose... Os antibióticos e vacinas deram deram jeito e é um desses remédios que espero. Preciso ficar bom e rápido. Para mim é domingo de trabalho, domingo de notícia.

É preciso ler os jornais, revistas, ouvir rádio, entrar na internet, chegar mais ou menos informado ao trabalho.

Nada disso sensibiliza a faringe que arde e lateja. Minha garganta está fechada. Nada posso engolir, tudo dói.

Às 7 da manhã não podia dormir e, ao mesmo tempo, não queria acordar. Ao meu lado, carinho, cochicho, carona. Eu e ela chegamos ainda cedo ao plantão de um hospital já repleto de crianças, lágrimas, inalações. A classe média com plano de saúde em dia espera calada, enquanto esfrega as mãos com álcool gel.

São poucos médicos, mas muitos televisores de plasma. Todos ligados.

Um parentêse: eu e uma numerosa equipe da Rede Record, ganhamos um dos prêmios mais importantes do Jornalismo Brasileiro, o Vladimir Herzog. O tema de nossa série de reportagens foi o mau atendimento nos hospitais públicos. Com o título, "Saúde Pública, Salve-se Quem Puder" revelamos como brasileiros estão abandonados. Mais de cem milhões de pessoas que não têm plano de saúde e são humilhadas diariamente em hospitais cada vez mais desumanos. Mostramos uma menina de Goiás que caiu de bicicleta, machucou o cotovelo, mas peregrinou tanto por pronto-socorros e postos de saúde que perdeu o braço. Isso aconteceu em Goiás, um dos estados mais ricos do novo Centro-Oeste, da soja-maravilha.

Em Belém, uma jovem sofria tanto com um câncer nos ossos que pedia a amputação da perna, marcaram a cirurgia de emergência. Com sorte, para dali a algumas semanas. Não teve sorte, não teve tempo. Vejam bem, quem ralou o braço teve que ser amputada, quem precisava de amputação, perdeu a vida. Vimos em praticamente todas as capitais brasileiras doentes espalhados nos corredores, gente implorando um remédio, médicos ausentes, portas fechadas. Eram tantos casos, que a série prevista para durar uma semana foi estendida para duas. Poderia estar no ar até hoje.

Penso nisso e nem me incomodo com a senha 438, que vai me levar à triagem em ligeiríssimos trinta minutos. Pressão o.k., radiografias da face, lanterna na goela.

— Respira fundo...
— trinta e três...
— Aaaaaa...
— abaixa a língua...
— deixa eu ver...
— de novo...
— aí garoto...

É o médico do pronto-socorro. Cansado, com cabelo desgrenhado e pele oleosa de um plantão de sábado para domingo, mas eficiente.

Um exame rápido, quase superficial, mas que em mim funciona bem. Sinto melhoras, já posso falar, engolir a saliva. Tenho faringite aguda e intensa, vou tomar anti-inflamatório e antialérgico. Mas, antes, uma injeção. Juro que preferia pular esta parte, mas sei também que o medicamento é quase miraculoso. Lá vou eu para uma outra sala menor, mais escura. É a angústia de quem tem encontro com a agulha. Na minha frente um homem forte e jovem se abraça à mulher. Ela estava concentrada num desses viciantes jogos de telefone celular, se afasta como quem diz: não me atrapalha. Ele está mais do que nervoso, tem medo, segura o pescoço, também está com faringite e faz uma estranha massagem que começa no queixo e desce ao peito. Pálido, levanta, caminha pelo corredor. Ela de olho no celular. Ele entra, ouço um grito abafado. A agulha entrou e entrou rasgando. Chego a pensar numa fuga sorrateira, ninguém iria saber, nem minha namorada que aguarda solidária em outra sala. Porém, a faringe cobraria bem mais caro pela covardia. Resignado, vou lá, quase esbarro nele. O fortão está suado, nervoso, uma das mãos segura a bunda, a outra continua a massagem, os olhos no chão. Entro naquela de quanto mais rápido menos pior, abaixo as calças, e ouço na sala ao lado: *Pelo amor de Deus, eu tenho medo, eu tenho muuuuito medo!* Ela continua ainda mais desesperada: *Minha filha, pelo amorrrr de Deeeeus tenho muuuuuito medo!* Concentro-me no vazio de uma parede branca a um metro de distância. O enfermeiro é de pouca conversa e pronuncia uma única e definitiva palavra: RELAXA! Passa um algodão com álcool e pressinto a tragédia.

A picada é certeira, o medicamento leitoso e amarelo entra em meu corpo, esgarça meus músculos, fecho os olhos. É dor de verdade. Um minuto de puro sofrimento, aperto os dentes, cerro punhos.

E ele anuncia, novamente objetivo:

ACABOU!

Band-aid e pronto.

Ele convoca:

PRÓXIMO!

Vou me embora, já um pouco aliviado, a dor na região da injeção é profunda, mas a garganta está bem melhor. Lembro de uma brincadeira sem graça em que diziam que o melhor remédio para dor de cabeça era uma martelada no dedo do pé.

Uma substituía a outra e você esquecia qualquer enxaqueca. Deixo isso pra lá, vejo na ladeira íngreme do hospital o homem jovem e forte que manca com a mão na bunda.

Estamos em sentido contrário, ele continua a olhar para o chão, morde os lábios e fala com raiva, para quem quiser ouvir: puta que pariu! Alguns passos atrás, ele continua empenhada na disputa. Tranquilo, não sei se pelas emoções do jogo ou por saber que homem é mesmo frouxo. Ou, mais provável, pelos dois.

Ainda estou abalado, mas experimento o primeiro sorriso do dia.

É como se a dor do outro fosse a martelada no dedo mindinho.

DOUTOR MURILO

Como toda criança, Murilo perdeu a conta das vezes que ouviu a pergunta:

— O que você vai ser quando crescer?

A resposta sempre vinha acompanhada de um sorriso decidido de quem descartava as preferências mais comuns: Sorveteiro, cantor de *rock* ou jogador de futebol não era com ele.

— Serei médico — dizia com firmeza.

Quando fez dezoito anos e passou no vestibular, Murilo se despediu da pequena Borborema, perto de Catanduva, interior paulista. Ficaram para trás os laranjais e a terra vermelha, começava ali o ambicioso projeto do menino do interior que queria um dia ser chamado de Doutor Murilo.

Com o dinheiro da poupança, o pai, um pequeno agricultor, alugou para o filho um quarto no Castelo Paulistano, a mais famosa pensão da região da rua Direita, no centro de

São Paulo. O pagamento era feito todo o mês e o estudante ainda recebia uma mesada da família.

Mas Murilo queria mais, precisava fazer um curso de inglês, comprar roupas e livros, conhecer os cinemas e bares da Augusta... E isso só seria possível com um emprego. Ali perto já existia a Bolsa de Valores de São Paulo e surgiam as primeiras corretoras em torno dela. Numa delas, a Capital, Murilo começou como auxiliar administrativo. Ia ao banco, preparava as notas, atendia aos telefonemas. Em pouco tempo, a empresa dependia do talento e da agilidade de seu mais novo funcionário.

O dono era um cinquentão esquisito que conversava pouco e mandava muito. Murilo logo descobriu um ponto em comum: o filho do chefe, um rapaz chamado Alfredo, também estudava medicina na mesma faculdade que ele. Por pouco não estavam na mesma sala de aula! Os dois se tornaram amigos e nunca deram atenção às diferenças. Um rico, outro pobre; um relapso, outro dedicado; um eternamente atrasado, outro rigorosamente pontual.

Alfredo deu sorte, ganhou um professor. Murilo explicava as questões mais difíceis, estudava junto e certa vez a cola amiga garantiu a nota que faltava em anatomia. Murilo também se sentia feliz, pois com Alfredo experimentava novas emoções: as lanchonetes dos bairros mais refinados, os passeios de carro com o amigo e o duplex da Alameda Santos.

O que começou a causar problemas foi o temperamento do chefe.

Numa quarta-feira, quando fechava as gavetas e saía para a faculdade, Murilo foi interrompido por seu Heitor:

— Aonde você pensa que vai? Preciso que você escreva essas duas cartas e depois arrume a cozinha.

— Mas é que tenho prova e já passei do horário — tentou argumentar o rapaz.

Seu Heitor insistiu com sorriso cínico e fisionomia sádica.

Numa ocasião de especial malvadeza, ordenou que Murilo lavasse o banheiro e recolhesse o lixo. Pela primeira vez na vida, Murilo sentiu ódio de alguém, teve vontade de esmurrar o chefe até ele cair. Não deu os socos que queria, mas entregou a carta de demissão e nunca mais apareceu.

A amizade com Alfredo esfriou. Os dois pareciam intimidados com a situação, houve mudança de horário e, um ano depois, Murilo soube que o amigo havia mudado de faculdade.

Em 1968, São Paulo era, mais do que nunca, a terra das oportunidades. Murilo saiu da corretora e começou a trabalhar numa clínica, cuidava do serviço administrativo e fazia também um estágio com os médicos. Assistiu às primeiras cirurgias, aprendeu a dar pontos e a analisar exames. Ganhava mais e até alugou um quarto e sala na Vila Mariana. Quando se formou, nem lembrava mais da Capital e seu insuportável dono.

Nos primeiros plantões, descobriu a verdadeira vocação: queria ser médico de pronto-socorro. Nada de consultas marcadas, de carpete, de ar-condicionado, de secretária. Murilo vibrava com sangue, gritos, dor.

No pronto-socorro vidas eram salvas. Era ali que a medicina se consagrava como a profissão mais importante do mundo.

Murilo sonhava e conquistava. Dedicou-se, deu duro e logo já era o chefe de equipe. E que equipe! Ele reuniu os melhores.

Nas madrugadas de sábado — as mais violentas e movimentadas —, eles festejavam quando recuperavam uma pessoa baleada ou uma vítima de acidente. Todos trabalhavam no Hospital das Clínicas, "o maior da América Latina", repetiam envaidecidos.

Aquele plantão estava apenas começando quando a ambulância trouxe um senhor infartado. Ele já era bem idoso e Murilo diagnosticou imediatamente a parada cardíaca. Viu diante de si uma vida indo embora. A pele empalideceu, os olhos se embaçaram, o corpo foi amolecendo. O médico berrou pelos companheiros e, em poucos segundos, o paciente já estava na UTI cercado de equipamentos, profissionais e tubos. Murilo quase sentou em cima do peito do paciente para despertar o coração moribundo e a reação foi imediata: o velhinho deu um grito e levantou a cabeça.

Estava vivo.

Aplausos, abraços, quase uma festa na UTI. Era mesmo animada a equipe do doutor Murilo.

Mas o médico, quando viu os olhos do paciente, teve uma reação estranha que ele mesmo custou a entender. Só muitas horas depois, já em casa, as ideias ficaram mais claras. Ele conhecia o paciente de algum lugar, mas de onde? E quem seria ele?

Pensou muito e lá do fundo da memória surgiram as imagens. Aos poucos foram se formando... O prédio antigo, a corretora e, finalmente, o seu Heitor em seus ternos escuros com colete e aquela cara amarrada. A roupa era outra, a fisionomia nem se fala, mas o olhar continuava insolente e atrevido mesmo diante da morte. Não havia mais dúvida, o paciente era ele, seu Heitor.

Quando voltou ao hospital, soube que o ex-patrão estava no ambulatório. Lá, Murilo encontrou um velhinho bem disposto, ansioso para agradecer o socorro e, acima de tudo, angustiado para tirar uma dúvida. O doutor Murilo era mesmo aquele menino da corretora?

— Sim, sou eu — o médico respondeu constrangido. Naquela hora, descobriu que ainda não era capaz de perdoar quem tanto lhe atormentara.

Heitor tentou se explicar com vinte anos de atraso.

— Sabe por que eu não deixava você ir às aulas? Porque queria que meu filho fosse como você, que estudasse, que se empenhasse, que trabalhasse... Como não conseguia isso dele, me vingava em você.

A sessão de terapia continuou:

— Tinha inveja da sua inteligência; tinha raiva até do seu pai, um homem simples que nunca vi, mas que sabia criar os filhos melhor que eu. Até hoje me pergunto onde eu errei.

Murilo não abriu a boca, lhe deu alta três dias depois e decidiu evitar novos encontros. Heitor insistia, telefonava, chegou a mandar um telegrama e, depois que descobriu o *e-mail*, enchia o computador e a paciência de Murilo com dezenas de mensagens. Numa delas, ofereceu dinheiro para que os erros do passado fossem esquecidos.

Asqueroso como patrão, Heitor era insuportável como paciente. Num outro *e-mail*, queria saber se azeitona sem caroço e recheada com pimentão vermelho era menos agressiva ao organismo do que as tradicionais. Ou ainda se era verdade que peixe de água doce era melhor para desentupir as artérias que os do mar.

O silêncio era a resposta do médico, que também se perguntava:

— Onde eu errei?

Mas na semana passada seu Heitor se redimiu. Enviou ao médico salva-vidas um disco autografado de uma desconhecida banda de *jazz*. Quem assina é Alfredo. O estudante de medicina que não gostava de anatomia é hoje saxofonista de sucesso. Formou a banda há quinze anos e vive do outro lado do mundo, em Sidney, Austrália.

Murilo escreveu, Alfredo retribuiu agradecendo ao velho amigo e, em tom de brincadeira, confidenciou: "A medicina eu até podia aguentar, mas o meu pai..."

Por fim, um pedido: "Pelo amor de Deus, por respeito à nossa amizade, diga ao seu novo paciente que viagens de avião são proibidas para os cardíacos e não esqueça: quanto mais longo o voo, pior".

Doutor Murilo concordou: algumas doenças são mesmo incuráveis.

NA REDE

Quase todos se atrasam, nos fazem esperar pelo menos uma hora e nos atendem em quinze minutos.

Antes de qualquer procedimento devemos fazer a ficha e depois assinar a documentação que garante o pagamento.

Estou falando dos médicos que aceitam trabalhar com planos de saúde, a maioria. Sem os pacientes dos planos não haveria clientela para bancar os custos do consultório.

Ganham pouco, trabalham muito e atendem mal. São mais de 20 consultas por dia, às vezes 30...

Mas há aqueles que são independentes dessas empresas e de suas vergonhosas tabelas de pagamento.

Normalmente são médicos experientes que, ao contrário dos outros, tem tempo para ouvir os pacientes e muito o que contar. Não cobram barato, é verdade, mas eu pago com gosto. É claro que ninguém gosta dos exames, dos remédios, mas meu médico é um craque. Bom no diagnóstico e excelente na conversa.

Hoje estive com ele, era um retorno. Doutor José viu os exames, me disse que esava tudo o.k. e fez algo que gosta muito, contou uma história, não uma história qualquer. Uma história de vida e morte.

Um advogado famoso, soube de um câncer fulminante, tem medo de tudo, até de ir ao médico, mas com doutor José se abre, chora muito, lamenta o tempo perdido e insiste: quer saber quanto tempo de vida.

— Três, cinco, seis meses? Pergunta na esperança de ouvir um prazo maior de sobrevida

— Um mês, no máximo — responde contrariado o Doutor José.

Silêncio, lágrimas e o Doutor José é surpreendido com o pedido do amigo e cliente advogado:

— Quero morrer do seu lado, quero morrer no meu sítio, deitado na rede. Você me acompanha?

Doutor José não nega fogo, nunca negou, e topa na hora.

Infelizmente a previsão se confirma, o câncer avança.

O advogado está internado em São Paulo e numa das visitas o Doutor José reúne a família, confirma que não há mais o que fazer. É hora de preparar a viagem. A família vive na região norte e o advogado, mesmo com poucos dias de vida, tem prestígio suficiente para pedir ao governo do estado um avião para que ele volte à terra natal. É atendido prontamente.

O embarque é no dia seguinte. Só ele e o doutor José. Uma viagem tensa, o paciente tem dificuldade em respirar, o doutor manda o piloto baixar a altitude, não adianta, o paciente desmaia e o piloto se desespera. O homem grita lá da cabine:

— Nunca ninguém morreu a bordo!

— E nem vai morrer — grita da poltrona o doutor. *Pelo menos agora*, ele pensa.

O piloto não conhecia o doutor e muito menos a bagagem dele. Dentro da mala, aparelhos, remédios e um pequeno balão de oxigênio. Ele liga o equipamento ao paciente que num instante abre os olhos. É como se tivesse ressuscitado.

Neste momento, o avião já está sobre a floresta Amazônica. O homem reconhece um daqueles rios gigantescos, se encosta no banco e sorri aliviado.

Em algumas horas estão no que ele chamava de sítio, mas é uma fazenda grande, com uma casa confortável e na varanda, de frente para o rio, está ela, a rede.

O homem vai até lá andando. Deita, cochila, conversa com o doutor José e no dia seguinte não acorda mais.

A família que tinha vindo de São Paulo em voo normal teve tempo de acompanhar a despedida. O doutor José vai embora alguns dias depois. A família paga o deslocamento, as horas de trabalho, a passagem de volta e, acima de tudo, agradece o desprendimento. Largar o consultório e ir até a o meio da floresta? Nem eles acreditam.

Que o doutor José não me ouça, ou melhor não me leia, mas acho que além da consciência profissional e da responsabilidade com o paciente, existe um aprendizado a mais em conviver com este tipo de situação. Depois, o doutor José, sem dizer nomes e sem expor ninguém, conta com detalhes o que poucos conseguiriam reproduzir no papel.

Como num teatro, muda a voz, olha por cima dos óculos, faz pausas, cria suspenses.

Um monólogo para um único espectador, no caso, eu.

O mais surpreendente ele conta no final: dois anos depois, no dia do aniversário dele, recebe um telefonema.

É a filha do advogado que morreu na rede.

Ela dá os parabéns, explica que tomou a liberdade de fazer um depósito na conta dele e justifica a demora por conta do inventário que atrasou.

O doutor se surpreende, diz que o serviço foi muito bem pago na época e que nada ficou para acertar.

A mulher insiste, ele, sem mais argumentos, agradece e pela internet confere a conta.

O depósito é de R$ 70 mil!

Em quarenta anos de profissão já tinha ganho roupas, sapatos e até relógios, mas nada desse valor.

Liga de volta assustado, sem saber ainda se agradece ou se devolve o dinheiro.

Mas a resposta do outro lado é demolidora.

— Nunca ninguém tratou tão bem do meu pai quanto o senhor, o dinheiro é seu.

Doutor José termina a história e a consulta, minha vontade é aplaudir de pé, como nos teatros.

FOX PRETO

São dias e dias de nuvens com cor e peso de chumbo. E elas desabam, desmoronam em enxurradas, alagam, arrastam. Parecem cada vez mais barulhentas e fortes essas tempestades da primavera.

Os temporais viram manchete de jornal e na tevê o clichê resiste. De um helicóptero, o repórter dispara: "a rua virou rio" ou "o bairro está ilhado". Com essa vida encharcada, já nem me lembrava direito como era um dia de céu azul.

Um daqueles com sol de verdade — forte e quente — que manda a madrugada embora e trabalha sem descanso até o início da noite, ilumina o dia e a vida da gente. As cores voltam a ser o que são, surgem contrastes, brilhos e, pelo menos para mim, o melhor de tudo: a sombra. Já reparou que sem sol ela não existe? Quanto mais quente é um, mais refrescante é a outra.

Para quem gosta desses dias radiantes, o mais atraente é que é domingo, ou seja, ainda há muito o que aproveitar.

Estou numa padaria com média expressa, pão com manteiga, mamão maduro, vejo tudo isso no reflexo castanho de dois lindos olhos. Ela me encara de mãos dadas e esqueço da meteorologia, mas alguém me desperta. A voz é firme: de quem é o Fox Preto? Silêncio.

A padaria está cheia. Crianças correm, adultos leem jornais e revistas, garçonetes anotam pedidos, o manobrista insiste. O volume sobe, a frase diminui: gente, o Fox Preto! Nada.

Olho curioso, para ver se encontro alguém com cara de dono de Fox Preto. Não, não tem ninguém com cara de dono de Fox Preto.

O rapaz volta, agora com o reforço do segurança. Os dois circulam entre as mesas, as mãos nas costas, a direita segurando a esquerda, como se fossem dois policiais. Alguns decibéis a mais, algumas sílabas a menos: FOX PRETO!!! Neca de pitiriba. Surge o dono da padaria, a moça do caixa para pra ver, o jornaleiro e o motorista de táxi comentam na outra calçada, um adolescente tira o fone do ouvido. Tanta gente e ninguém resolve. Eu olho de novo, claro que a pessoa está ali, mas onde? É aí que ela entra em cena e vem pra guerra. Não é alta nem baixa, nem gorda nem magra, mas está forte, cheia de razão. É uma caçadora de dono de Fox Preto. Sim, é ela a motorista que há quinze minutos está trancada pelo carro sem dono. Está escrito na testa, já com as primeiras gotas de suor, que ela não sai dali sem resolver o problema. Ela fala com o olhar e o manobrista entende, sai de lado. O segurança nem se aproxima.

A mulher vai de mesa em mesa e pergunta a um por um. Está a poucos metros de mim... Na mesa ao lado, um casal e um bebê de colo. Família reunida, no café da manhã de um domingo de sol, mais inocente, impossível. Mas é ali, de onde eu menos esperava, que está a causa de tanto transtorno: desde que eu havia chegado, o homem e a mulher conversavam sério, sem piscar. Os dois falavam baixo e a criança nem se mexia. Mesmo sem prestar muita atenção, era visível que algo muito importante estava sendo discutido. Dava para ver também que ela parecia mais angustiada e quanto mais o homem falava, pior era o clima na mesa 7. Até que a mulher trancada chegou. O homem de pele clara, de barba rala nem precisou responder, ficou vermelho como um pote de *ketchup*. Sim, era ele o dono do Fox Preto. A padaria inteira olhou. Silêncio.

Constrangimento maior impossível.

Ele não sabia onde por as mãos, muito menos por onde começar....

Balbuciou um pedido de desculpas, engasgou com a média e sentiu o peso de todos aqueles olhares, de todo aquele silêncio.

A mulher tentou ajudar o marido:

— Desculpe, é que estamos com a criança e nos distraímos.

Não podia ter sido pior:

— Eu também estou com criança. Não é uma, são duas, e estão chorando dentro do carro debaixo desse sol quente.

Nem a mosca zumbia.

O homem tomou a única atitude que se esperava, levantou apressado e foi tirar o Fox Preto, a dona do outro carro seguiu atrás, bufando.

Na mesa, a mulher e o bebê. Todos viram quando ela enxugou a primeira lágrima.

Na calçada, o Fox Preto estacionava em outra vaga, pisca alerta ainda ligado.

O homem entrou novamente na padaria, no momento em que ela enxugava a segunda lágrima.

A conversa ia continuar, a confusão do Fox Preto não tinha conseguido salvar o casal de mais uma tempestade de primavera.

Lá fora, um lindo domingo de sol.

DE NOVO

Depois daquele café da manhã, o do Fox Preto, a história reaparece, sim reaparece. Não dá para dizer que a história se repete e você já vai entender porquê.

É hora do almoço. Almoço de sábado, o que significa que começa ao meio-dia e pode terminar só no domingo. No estacionamento não há vagas, penso na espera, imagino um outro lugar, mas logo o manobrista sinaliza e quando pergunto se ele quer a chave, esclarece educadamente: não sou manobrista, sou coordenador de vagas.

Bem, com tantos carros e tão poucas vagas o setor de estacionamentos está em expansão, natural que surjam novas profissões e nomenclaturas., eu raciocino.

Ele me ajuda na manobra, primeiro faz com as mãos o sinal para que o carro se aproxime dele, depois com a direita indica a virada de volante, e por fim, mexe os dois braços no mesmo compasso. Inclina o corpo e indica a curva que o carro deve fazer para se encaixar na vaga, as duas mãos, agora espalmadas, sinalizam que chegamos ao fim.

— Perfeito — ele elogia.

Coordenador de vagas vê quem chega primeiro, organiza a espera e orienta a manobra, mas não pega no carro, nunca! Agradeço a explicação e me despeço, sem saber que ainda teremos muito o que conversar.

Já sentamos e antes do brinde ele entra esbaforido: Por favor, alguém é dono do Corsa preto? Silêncio. Penso em tudo de novo, fico curioso, ele furioso. Com razão.

Estamos num pequeno centro comercial.

Na Barra da Tijuca, Rio de Janeiro, há muitos, e em São Paulo surgem alguns. Sob o mesmo teto, restaurantes, lojas de material esportivo, farmácias, bancos 24 horas, supermercados... é um *mini shopping*, sem escadas rolantes e com estacionamento gratuito. Também não tem manobristas, mas, afinal, há ele, o coordenador que vai de balcão em balcão, de mesa em mesa e não encontra ninguém. Mesmo de longe, é fácil ver o desespero e a indiferença dos frequentadores. Ninguém ajuda, ninguém faz nada, ou melhor, transformam a angústia dele numa conversa divertida, enquanto bebem e comem

Todos ouvem a buzina grave!

Um desses jipes que se parecem com tanques do exército não pode sair. Dois casais estão lá dentro, as meninas de *iPod* não se mexem, os rapazes saem com braços à mostra, em busca do dono do Corsa preto. Querem saber porque largou o carro trancado e fechado no meio do estacionamento.

Não resisto, peço licença e vou olhar também. Não quero me meter, mas preciso testemunhar. Dessa vez, parece que estou com sorte, vejo um casal que tem tudo a ver com um Corsa preto, eles saem do supermercado com poucas compras, relaxados, como alguém que não percebeu a falha, que ia ali tão rapidamente, que esqueceu...

Afinal era só pegar o queijo ralado da massa...

Tenho quase certeza e acho que os fortões também. Um deles esfrega as mãos. Homem e mulher se aproximam do carro, ele bota mão no bolso, e então a dupla vai pra cima, mas homem e mulher sobem na moto ao lado.

Minha comida chegou e volto à mesa. Ouço outra buzina, agora é uma família. Três gerações aguardam o dono do Corsa preto. Avô, pai e neto tentam empurrar, levantar, sacudir o carro. Tão pequeno e tão pesado!

Os fortões despertam, as meninas também e da família vem a ajuda da mãe. Só a avó assiste, parece gostar da movimentação e de ver a família unida.

O coordenador de vagas chega suado, encaixa as mãos na única parte que sobrou do para-choque. Pronto, o Corsa, em poucos segundos, não tranca mais ninguém. Os jovens deixam a família sair primeiro, e em seguida um deles se abaixa próximo ao Corsa e pisssssssssssss... É um pneu murchando.

Primeiro o traseiro, depois pisssssssssssssssssssssss... o dianteiro.

Saem acelerando.

Termino o almoço e converso com o coordenador de vagas.

— O problema da coordenação é esse, você não fica com a chave, enquanto fui orientar um motorista, este outro fez isso —, ele argumenta envergonhado.

Pergunto do pneu, Wanderson diz que tentou evitar, mas achou melhor não insistir, os dois estavam muito aborrecidos.

— E o dono do Corsa preto? Até agora nada, e quando ele vier, o que vou dizer? — pergunta angustiado.

Na falta de outra resposta digo:

— A culpa não foi sua.

É pouco para quem sabe que pode perder o emprego, apanhar, ouvir no mínimo um desaforo.

Vamos embora e conversamos sobre o que é pior: Trancar as pessoas, o que irrita qualquer um, ou se vingar esvaziando os pneus?

As duas ações tem relação com a imobilidade, com a falta de comunicação, com o estresse, com carros demais, com vagas de menos, com gentileza em falta, com grosseria em abundância. Sim, é o tipo de situação onde os dois lados estão errados, mas a polêmica é sobre quem está mais errado, pois sabemos que nenhum dos dois estava certo. Nossa decisão é rápida: os fortões fizeram pior, ao outro resta a desculpa, não fiz por mal, não percebi.

Os outros se vingaram, se estavam com pressa para que perder tempo com o pisssssssssssss e depois de novo? Abominável.

Mas surge um terceiro pensamento. Pior, bem pior que as atitudes dos dois. Talvez seja julgar, não é isso que sempre ouvimos: "Não se deve julgar ninguém". Tenho impressão que passamos a vida julgando. Julgamos tudo e todos. Absolvemos e condenamos. Decisão sumária, sem recurso.

A MALANDRAGEM DE SER HONESTO

A frase é ouvida com frequência no Jóquei Clube. No ambiente sombrio das corridas de cavalo, os jóqueis verdadeiramente honestos, que montam para ganhar e defender o dinheiro do apostador, dizem com orgulho e malícia que a maior malandragem é ser honesto.

Tradução: mais vale exercer a profissão com dignidade e ter a confiança do público e dos treinadores, do que ganhar o dinheiro sujo de um páreo suspeito. Aos honestos nunca falta montaria e mesmo com o turfe em baixa eles sempre têm trabalho. Com o percentual que recebem quando chegam entre os primeiros, têm dinheiro certo no fim do mês.

Em Brasília, dizem, faltam cavalos, mas sobram ratos. Foi lá, na Capital Federal, que se deu a história.

É o caso de Francisco, um brasileiro honesto. Leia e pense a respeito. Um salário mínimo por mês. É isso o que ganha para limpar os banheiros do aeroporto de Brasília o faxineiro Francisco Basílio, 55 anos, cinco filhos e muita conta pra pagar. Água e luz estão atrasadas e o sofá, que enfeita a sala da casa, também não está quitado.

Mas naquele dia, o grande dia, Francisco sentou no couro macio de uma poltrona bem mais confortável. No Palácio do Planalto foi homenageado pelo Presidente da República. O dia de glória do cearense começou a nascer há duas semanas. No meio da faxina diária encontrou, num canto do banheiro masculino, o que parecia um presente do destino.

E era mesmo. Na mala esquecida por um turista suíço, estavam guardados dez mil dólares — na época cerca de R$ 30 mil. Mais de oitenta salários, quase sete anos de trabalho. O que você faria? Francisco nem pensou. Foi imediatamente à sala de achados e perdidos do aeroporto de Brasília e entregou a fortuna.

Ouviu dos colegas que dava para comprar um carro, reformar a casa, mudar de vida. Mas quem disse que Francisco quer mudar?

— Tenho orgulho da vida que levo, da família, do meu trabalho de todo dia — disse convicto. Com simplicidade, explicou que se o dinheiro não era dele, tinha que ser devolvido, ora bolas. E mais: como iria dormir, encarar a mulher, e os amigos?

Do presidente — de quem foi eleitor — ouviu elogios e soube que a vida dele se transformava. O faxineiro terceirizado passou a funcionário efetivo da Infraero, o salário dobrou e ele vai realizar um sonho cultivado em silêncio há anos. O faxineiro finalmente terá o seu dia de passageiro e... Voará.

Nada mais justo para quem trabalha em aeroporto e mora em Céu Azul, nome da cidade-satélite em que ele vive. A viagem ao Ceará com a mulher e os cinco filhos é um prêmio dado pela Infraero.

Quanto ao convite para trabalhar na sede da empresa, Francisco recusou e explicou porquê:

— No aeroporto tem muita gente perdendo coisas e lá eu terei a oportunidade de achar e devolver.

Certamente a honestidade deste "garimpeiro do bem" não permite, mas imaginemos como teria sido ruim — principalmente para ele — se o dinheiro não fosse devolvido. Onde um cidadão honrado como Francisco trocaria dez mil dólares? Sem amigos traficantes ou contrabandistas para lavar o dinheiro, sem conta em banco de paraíso fiscal, o que fazer? E em casa, como explicaria tanto dinheiro?

Como se libertar do remorso? Francisco trocou todas essas aflições e angústias por uma tarde única no Palácio do Planalto, com direito a promoção, aumento de salário, presente e o que para muitos moradores de Brasília não tem preço: fotos no jornal, entrevistas na TV. Tudo por causa do tesouro esquecido e recusado.

Os dólares e o suíço esquecido sumiram.

Francisco, o faxineiro de alma limpa, continua lá. Feliz e honesto.

ACORDES

Lembro bem do meu pai avisando: botem uma roupa bonita.

Saia, uma daquelas blusas que compramos no *shopping* e um sapato bacana, pois quero levá-las para fazer um programa diferente.

Eu, com cinco anos, e minha irmã, com sete, nos olhamos curiosas. Meu pai era bom de surpresa! Dava uma dica, ameaçava, mas não revelava o segredo. Nunca.

Ele nos levou, junto com a namorada, ao centro de São Paulo. Chovia, fazia frio, ruas sujas. No meio do abandono, uma construção grandiosa. Vimos pela primeira vez a Sala São Paulo.

O prédio é de 1920, época em que vovô era menor que eu. A cidade que sonhava ser metrópole precisava receber os fazendeiros de café e tanta gente chique que chegava de Maria Fumaça.

Crescendo, a cidade foi pra longe, levou para outros lados a riqueza de avenidas e viadutos, restando ao centro esquecido mais um prédio abandonado. Até que décadas depois recuperou-se a história e a antiga estação foi restaurada.

Meu pai é assim, fala e emenda as histórias. Sabe que a gente gosta, mas é verdade também que, dependendo do caso, ele gosta muito mais de falar do que a gente de ouvir. Como neste caso em que explica todo orgulhoso:

— É a sala em que a Orquestra do Estado de São Paulo ensaia e faz suas apresentações.

Lá dentro, ele estava eufórico. Com uma taça de champanhe na mão, nos deu água, acrescentando que ali não ia ter nem sorvete nem cachorro-quente. Enquanto isso, discursava a respeito do piso de mármore, do tamanho das portas, dos detalhes do corrimão da escada. Sorrimos, adorávamos ver papai daquele jeito.

Tinha ainda o camarote, com tapete felpudo e cadeiras acolchoadas, mas logo percebemos que a diversão, pelo menos para nós duas, terminava ali.

Adultos sisudos, apertados em gravatas e vestidos, nos olhavam de um jeito esquisito. Pareciam dizer: isso aqui não é lugar de criança, nada de barulho, nada de conversa. Silêncio! Quietas!

Cheguei a ver um deles com o indicador sobre os lábios. Os primeiros acordes nos paralisaram, até que gostamos. O maestro parecia tocar todos os instrumentos ao mesmo tempo. Mas isso foi no início, porque depois de duas horas e meia de concerto, queríamos fugir dali.

Exaustas, não podíamos nem deitar, o xixi quase saindo... Até meu pai reconheceu e, arrependido, prometeu baixinho no meu ouvido:

— Quando sairmos daqui, você escolhe a lanchonete e a sua irmã, a sobremesa. Refrigerante liberado.

E foi lá na lanchonete que passamos a gostar daqueles músicos, ou melhor, da história deles. Meu pai e a namorada contaram que a orquestra já tinha 50 anos e que os instrumentos quase silenciaram de vez por falta de dinheiro. Os músicos tiveram os salários ameaçados; quem ficava doente não podia ser substituído. Férias, nem pensar. Não havia local para ensaio e as apresentações eram cada vez mais raras.

Um novo maestro procurou empresários, patrocinadores, gente que tivesse dinheiro e amor pela música clássica. Deu certo. Chegaram novos instrumentos, os músicos se animaram, passaram a receber bons salários — e em dia. Foi assim que a OSESP se tornou a principal orquestra do país.

Começaram as apresentações internacionais, sucesso em Nova York, Londres, Berlim. Quando ele contou as histórias dos instrumentistas da OSESP e de suas longas viagens, até nos esquecemos da sobremesa.

Músicos do Uzbequistão, da Moldávia, da Romênia e também do Canadá, da Inglaterra... Eram mais de quarenta estrangeiros e todos vivendo e tocando aqui.

Mas eu e minha irmã, que sempre brincávamos de escolher o preferido — valia para filme, jogo de futebol e novela —, gostamos mesmo foi da história da instrumentista sul-coreana. Sem dinheiro e emprego, ela encarou a aventura de tentar uma vaga na Osesp.

De tão nervosa e tímida, veio e fez um teste horroroso, desafinado, um desastre, mas o maestro entendeu o drama e deu-lhe uma nova chance. No caminho de volta para a pensão no bairro do Bexiga, ela se perdeu e, sem falar nada de português, passou horas rodando.

Joo Zhing Zang, que alimentava esperanças de gostar de churrasco, café e praia, ficou maravilhada ao ver-se cercada de pessoas estranhas que tentavam ajudá-la. Todos gesticulavam e escreviam os nomes de rua em pedaços de guardanapo para que ela mostrasse ao cobrador de ônibus.

Que país seria esse? Não era aqui a terra dos sequestros e dos traficantes?

Os coreanos alertaram para o perigo das favelas, que andasse sempre com o dinheiro escondido e nunca falasse com estranhos... Mas foi se perdendo e perguntando que ela achou Roberto, um advogado negro, nordestino, que nunca tinha namorado uma oriental. Três anos depois, nasceu Fernanda, que já mexe no violoncelo da mãe.

Papai pediu a conta e disse que, no carro, ia contar o caso do maestro que tinha se casado com a atriz de *Escrava Isaura*, mas agora morava com uma escritora de histórias policiais. *Valsa Negra* era o nome do último livro.

Quis saber se podia ir no banco da frente, minha irmã perguntou quando seria o próximo concerto. Passamos a entender porquê, ao fim da apresentação, aqueles adultos gritavam de pé: Brava Osesp!

QUARENTA

Ouvir sem entender é uma angústia. A pessoa fala, você compreende as palavras, mas não o sentido da frase. O que estão querendo dizer? Você não sabe se é burro, ingênuo ou os dois.

Não se trata de não alcançar a intenção de uma ironia ou a malícia de uma piada. É algo bem mais grave, comparável àquela sensação que se vive quando alguém comenta sobre um filme que não vimos, descreve uma cidade que nunca visitamos, detalha os encantos de uma bela mulher que não conhecemos.

No entanto, no caso daquele menino, era ainda mais terrível. Ele ouvia a frase inteira com todas as letras, mas não compreendia de jeito algum. Da primeira vez, ouviu numa novela das oito, de gente grande e importante — no tempo em que a novela das oito começava às oito. Depois, escutou em vários aniversários; do tio, do pai, da mãe. Conversou com amigos, também agoniados, diante daquela repetição que tanto agradava aos adultos.

Com a idade, a tal frase já não era privilégio de gente grande. Ele também, já um adulto, começou a ouvir dos amigos:

— A vida começa aos quarenta!

Como assim? Como podia começar aos quarenta se aos trinta ele já tinha feito de tudo?

Tinha estudado, trabalhado, transado, casado.

Tinha batido, apanhado, aprendido, esquecido.

Por esse raciocínio, aos oitenta e dois, a avó já teria vivido duas vezes. Ou estaria apenas com quarenta e dois, já que as outras quatro décadas não contaram? Ou ainda: seria ela um bebê de dois anos já em sua terceira existência? Quanta complicação!

Sábia, a avó se limitava a repetir:

— Sua vez vai chegar.

E chegou rápido. De tão cismado, ele viajou para longe, evitou a odiosa repetição, mas finalmente começou a entender. Sim, aos quarenta era possível juntar a experiência com a vitalidade de quem ainda tem saúde e disposição.

No trabalho, ganha-se um pouco mais, as despesas também crescem, mas é verdade que se sabe como gastar melhor. Você não quer mais conhecer dez países ao mesmo tempo naquela viagem à Europa. Passeia uma semana em Paris, depois aproveita Londres e volta sabendo que no ano que vem pode passar mais uma quinzena em outros países. Até a mala é menor e mais leve.

Sem pressa, sem estresse, não quer apenas ver, deseja também rever. Volta aos museus e bares que gostou, dorme até mais tarde sem culpa. Sabe que aquela não será a última viagem e se for... Terá sido relaxante, prazerosa e não uma competição.

A partir dessa idade, ele também descobriu que possuía coragem suficiente para dizer a si mesmo que o casamento não era para sempre e que ninguém — nem a ex-mulher, os filhos ou parentes — iam morrer com uma separação. O melhor de tudo: ele também não.

Um jovem na vontade de viver, um cidadão maduro na hora de fazer as escolhas, e as mulheres adoram isso. *Mulher gosta de homem, não de garotos*, passa a repetir para si orgulhoso.

É um homem satisfeito. Se não tem mais a beleza de antigamente, tem charme. A virilidade de outrora é substituída pela sabedoria. Assim, o quarentão descobriu-se um novo homem, que podia agradar as mulheres, entender melhor os amigos, ouvir os filhos. Enfim, alguém tentando ser feliz. E ufa! De bem com a vida. Sem constrangimento de dizer a ele e aos outros que não gosta e não entende de uma infinidade de filmes e livros, que gosta e que entende as letras e músicas de Roberto Carlos e Lulu Santos.

De verdade em verdade, nosso quarentão revela-se também mais seletivo, um observador mais arguto. Isso é bom, porém também pode ser péssimo. Exemplos: você deixa o carro com o manobrista e quando o recebe de volta, percebe que ele mexeu nos três retrovisores, no aparelho de CD, no banco, no botão do ar-condicionado. E descobre, é claro, porque ele não botou nada no lugar. Sua vontade é dar-lhe uma bronca, mas deixa pra lá.

Por que os operadores de *telemarketing* não telefonam ao meio-dia, às 2 da tarde? Por que sempre às 9 da manhã? Por que a diarista precisa trabalhar cantando? Por que a vizinha que AMA cachorro sai de casa cedo e deixa o bicho latindo o dia inteiro? Por que agora querem que façamos tudo pela internet?

Sente-se cansado, mas encara como o teste a que todos somos submetidos, o teste de viver.

Aguenta até onde dá, depois reclama, protesta. Vão chamá-lo no mínimo de rabugento, no máximo de tio esclerosado!

Mas ele mesmo percebe que o melhor é deixar a armadura num ferro-velho e doar o colete à prova de balas. Leveza e peito aberto ajudam. Amor não apenas com a namorada ou com os filhos. Amor com os amigos, com os colegas de trabalho, com a vizinha e seu cachorro. Amor sem pieguice, feito de um sorriso sincero, de bom astral, de paciência e compreensão, ou seja, de tudo que a gente tem de sobra, mas se esquece de usar.

A hora de aprender é essa, a infância só começou.

ACADÊMICOS

Segunda-feira, dia de começar, nem que seja apenas a semana. Mas para muitos é também a oportunidade de ressuscitar velhos projetos e de pelo menos sonhar com o início de uma vida nova. Porque um dia essa rotina vai mudar. Quantas vezes você já ouviu isso?

É aí que tantos de nós elegemos — de preferência na terça ou na quarta — a segunda-feira para começar a dieta, entrar num curso de inglês, apagar para sempre o cigarro.

Com Osvaldo, um cinquentão, a segunda-feira serviu para entregar os pontos e finalmente entrar na academia de ginástica. Foram anos de adiamentos. Houve uma vez que chegou a pagar a matrícula e na hora H... Nada. Passava em frente ao prédio e sempre encontrava na falta de tempo, na fome ou em outro qualquer compromisso a desculpa para adiar mais um pouco a primeira e improvável aula, que, de fato, nunca se realizou.

Depois de uma meia dúzia de meses e alguns centímetros a mais na cintura, ele atendeu a um apelo do colega de trabalho e foi conhecer outra academia. Repleta de aparelhos modernos, professores atléticos e mulheres saradas, a academia parecia um clube: piscina, sauna, pista de corrida na cobertura, lanchonete, restaurante com cardápio bilíngue, loja e lojinha, *cyber* café e manobristas uniformizados.

Ele respondeu a um questionário, conheceu as instalações e ouviu que graças a uma promoção especial e por tempo limitado perderia gorduras e ganharia músculos pela módica quantia de R$ 450,00 por mês. O plano semestral podia ser assinado na hora por R$ 1.500,00 à vista ou por R$ 2.074,17 divididos em seis parcelas. Mais do que o preço com todos os seus reais e centavos, o que assustou mesmo o pretenso atleta foi sentir-se tão deslocado. Sabia que a ambientação não seria fácil, mas aquilo era demais. Não era outro país, era outro planeta.

A música, os alunos, os gritos ritmados do professor, a atmosfera, tudo para Osvaldo causou a incômoda sensação de ter entrado no lugar errado, na hora errada. E foi assim que mais uma academia ficou para trás.

O amigo, a mulher, os filhos, todos ficaram decepcionados. Osvaldo respirou fundo e, como bom sedentário, empurrou outra vez com a barriga. Até que viu o vizinho, que é pelo menos uns dez anos mais velho que ele, chegando ao prédio de cabelo molhado, tênis, *short*, camiseta e todo sorridente. Ali mesmo, no elevador, pegou o endereço e resolveu se arriscar, afinal era segunda-feira.

Osvaldo foi a pé, passou pela recepção sem fazer a ficha e em dez minutos conheceu todas as poucas e simples instalações. Negócio fechado por R$ 90,00 mensais.

No dia seguinte a surpresa: com alunos, a academia era ainda mais diferente das outras. Quem tinha aula ali eram pessoas como ele. Gente normal, alguns mais gordos, outros mais baixos, homens barrigudos, mulheres sem silicone. Osvaldo descobriu e se surpreendeu com o óbvio; donas de casa que se vê no supermercado também faziam musculação, aposentados de cabelos brancos aceleravam o passo na esteira. Osvaldo nunca tinha pensado nisso!

As roupas o encantaram ainda mais: não era preciso comprar um *short* de poliestireno e forração sintética de R$ 100,00, ou um tênis com sistema cruzado de amortecedores de R$ 500,00 para frequentar as aulas. Viu ali calçados básicos, *shorts* de pano e até uma camiseta furada e ninguém torceu o nariz por isso. O que contava no figurino era o conforto.

A trilha sonora era outra atração: Zeca Pagodinho, Legião Urbana, Rolling Stones e Talking Heads. Quando os professores insistiam muito, e somente nessas horas, eles consentiam doses diminutas de música eletrônica e até deixavam que vissem videoclipes.

Logo percebeu que o ritmo era muito diferente, os colegas faziam os exercícios nos intervalos das conversas e não ao contrário, como acontecia nas outras academias. Não se falava de complementos alimentares ou maratonas. Os assuntos eram novela da noite, rodada do fim de semana, preços na feira...

Constatou com muito prazer que não era mais forte ou mais elegante que ninguém, muito menos mais feio ou mais gordo. Eram todos mais ou menos iguais e totalmente desinteressados em quantos quilos o outro levantava ou quantas centenas de abdominais era capaz de fazer. Os resultados no corpo custaram a aparecer, mas os benefícios pessoais logo surgiram e se mostraram duradouros.

O novo aluno fez amigos, passou a jogar futebol aos sábados e às vezes saía também para uma cerveja nas quartas à noite. Na semana passada, teve festa da dona Neusa, a mais velha do grupo, que completou setenta anos. De presente, a academia cedeu as instalações e os alunos organizaram não "uma" festa, mas "a" festa.

Noêmia preparou bolinhos de bacalhau e pastéis de queijo; Honório levou vinho e cerveja; Dulce fez bolo e brigadeiro; Juvenal cuidou do churrasco e colaborou com três garrafas de uísque. Na sala de *spinning*, com capacidade para vinte alunos, pelo menos sessenta pessoas dançavam sem parar. E todos levaram esposas, maridos, amigos. Um deles, seu Armando, que é viúvo e divide a casa com um labrador, amarrou o bicho na beira da piscina. Dançou até de madrugada. De copo na mão, dona Neusa recebia os convidados perguntando: o que vamos beber?

Já era madrugada quando Januário, de sessenta e quatro anos, lançou uma ideia aparentemente estapafúrdia, mas, que, naquela hora da madrugada e diante da empolgação dos convidados, foi aplaudida de pé:

— Se quem frequenta academia é acadêmico, que tal formarmos uma ala nos Acadêmicos do Tucuruvi? — explicou Januário. A ideia de desfilar na Escola de Samba do bairro foi um sucesso imediato. Ele não pôde terminar, foi abraçado, beijado e todos saíram dançando com Januário nas costas.

Os ensaios começaram na semana seguinte e, por ordem expressa de dona Neusa, sem prejudicar as aulas de alongamento e musculação. Depois da academia de ginástica, todos seguiam para academia do samba. Na volta dos ensaios de sexta-feira, paravam num bar da Vila Maria, bairro simples da zona norte de São Paulo, na beira da Rodovia Presidente Dutra, e saboreavam porções de moela acebolada com cerveja. No próximo mês tem excursão de cinco dias para o Rio de Janeiro com hospedagem em Copacabana e visita à quadra da Estação Primeira de Mangueira.

A mulher, os filhos e o amigo do trabalho reconhecem: o acadêmico não perdeu peso, mas que ficou mais leve ficou... O colesterol não baixou, porém ninguém põe em dúvida que Osvaldo é um homem bem mais feliz. .

Empolgada com os bons resultados e até um pouco desconfiada de toda essa animação, a mulher já decidiu e também vai se matricular na academia.

O dia já está marcado: a próxima segunda-feira.

DOMINGO DE CHUVA

Um fim de semana de folga. Folga geral, sem trabalho, sem filhos, sem namorada. No jornal, a manchete era um convite irrecusável. Um *show* histórico: Zeca Pagodinho, Paulinho da Viola e a Velha Guarda da Portela pela primeira vez juntos, no mesmo palco.

E pensei comigo: *Nunca tocaram juntos no Rio e vão se apresentar em São Paulo. Não dá para perder.*

Estava marcado para as 6 da tarde e decidi chegar antes dos cambistas. Às 10 da manhã estava lá.

— Pista ou camarote?

— Pista — escolhi.

Cinco da tarde, horário e temperatura de verão, céu de tempestade. Ela vem forte, alaga a Marginal do rio Pinheiros, fecha os túneis do centro, o congestionamento é gigante. Chego duas horas depois.

Na casa de *shows*, uma fila de encharcados! Saco o guarda-chuva, mas é pouco. O temporal de vento molha meus ossos. Mais do que a chuva, algo me diz que estou diante de uma situação estranha.

— Por que não estão todos lá dentro?

Ninguém responde e descubro que o *show* histórico era na casa, mas não dentro dela... Ou seja, em vez do auditório seco, o estacionamento encharcado; em vez do conforto da poltrona numerada, o lugar que sobrasse no asfalto gelado.

Por enquanto, só o mico era histórico! Paguei R$ 40,00 para ficar em pé, mais dez para o flanelinha e já eram duas horas de atraso. Os portões se abrem e lá vem mais uma surpresa. O *show* começa com uma apresentação do Boka Loka. Não gostei de nada, nem da música, nem do som, muito menos das letras.

Tomo uma cerveja, duas, mas nada me relaxa. O refrão se repete.

Eieiê, Eieiê, minha amada de você!
Eieiê, Eieiê, minha amada de você!

O público adora e com os braços levantados diverte-se numa coreografia que é pura felicidade. Uma mulher me olha surpresa como se perguntasse: "Quando é que você vai entrar na nossa?". Só tenho vontade de ir embora. Estou cansado, molhado, arrependido.

O bombardeio do Boka continua:

Me desculpe a franqueza, mas eu parei na sua,
Você me deu um sorriso e me mandou para a lua.

E, para encerrar, sob uma outra chuva, agora só de aplausos:

Eu sou o Boka Loka, vou passar a língua no céu da tua boca.

A mulher diz que veio só para ver o Boka e vai embora. O público grita: Boka, Boka! Implora: mais um! E o pior: o Boka atende.

Até que finalmente... chega a Velha Guarda. Estão lá Monarco, Casquinha, Argemiro e as pastoras Doca, Surica, Eunice. Juntos, somam quase quinhentos anos. Todos sorridentes e felizes, impecáveis no azul e branco da Portela.

A Velha Guarda canta com a classe de sempre, mas é recebida com frieza. Zeca Pagodinho aparece, abraça os veteranos, dá uma força, elogia cada um deles, mas é pouco.

Para quem não sabe, Zeca e Monarco se conheceram no ônibus e era lá que o menino mostrava, tímido, seus sambas ao mestre. De Monarco, sempre ganhou atenção e estímulo.

Apesar do carinho do ídolo do pagode, o nosso Buena Vista Social Club sai sob o peso do silêncio.

É a vez de Paulinho. O príncipe do samba canta clássicos, conquista o público. No palco, só ele e a viola.

Paulinho se despede com Mar Grande (letra e música dele mesmo):

Não quero mar de marola das praias da moda, na arrebentação.
Prefiro ir à deriva. Me deixe que eu siga em qualquer direção.
Se eu sou de um rio marinho, o mar é meu ninho, meu leito e meu chão.

Aplausos. Nada parecido com a euforia da apresentação do Boka, mas bem melhor que a indiferença dirigida à Velha Guarda.

O homem das cervejas, o poeta do Jacarezinho e de Xerém já está no palco. Zeca Pagodinho é uma espécie de

Roberto Carlos do samba. Bom malandro mantém o estilo dos sapatos brancos, do paletó com botões dourados e do humor refinado ao cantar as dores de cotovelo de todos nós. É um cantor de subúrbio que trouxe para o estrelato os velhos parceiros dos morros, das comunidades mais esquecidas do Rio. Zeca termina em luz azul e branca na companhia de Paulinho. Cantam um pagode sobre o Bagaço da Laranja, improvisam o clássico Pagode do Vavá.

Vou embora pensando que o *show* foi mesmo histórico, menos pela música e mais pelas histórias que posso dividir com vocês.

Um CD de Paulinho me ajuda a atravessar a noite de São Paulo. Já estou em casa e um jornal velho, daqueles que a gente guarda em busca de boas notícias, me avisa que a Velha Guarda vai ter uma apresentação de gala em Paris. Será isso mesmo que a nossa indústria cultural nos reserva? A Velha Guarda vira *cult* e o Boka Loka popular?

Não era para ser ao contrário?

AMIGAS

Na escola, o pátio fica pequeno, a quadra é dos maiores, a cantina dos apressados, ou, mais desagradável ainda, dos esfomeados. São aqueles que tentam furar a fila para comer logo, ou esperam alguém sair com um lanche para atacar com olhos arregalados:

— Dá um pedaço!

Por essas e outras, as duas amigas tinham programas bem mais interessantes para a hora do recreio. Um dos preferidos era se esconder numa espécie de galeria subterrânea, lugar perigoso, proibido para todos, ainda mais para quem estava apenas na primeira série. Ali estava escondido um dos grandes segredos das duas. Com exceção das faxineiras, de um professor de educação física e, talvez, de mais alguém da direção, ninguém na escola sabia que debaixo da tampa de latão havia um buraco de um metro de profundidade com quatro de largura.

Deitadas no concreto e olhando para fora através de uma pequena abertura na tampa enferrujada, elas tinham diversão certa para as tardes azuis de outono. Imaginavam desenhos e formas com as nuvens. Com toda nitidez, enxergavam camelos com barbatana, astronautas em luta, castelos de mármore, transatlânticos de quatro andares. Quando o dia ficava nublado, os pedaços de céu azul se transformavam em cachorros voadores, maremotos devastadores e até na tatuagem ampliada de um menino bonito da terceira série.

Havia também a brincadeira de encarar o sol. Basta mirá-lo sem piscar, contar até vinte e depois fechar os olhos. Só assim, com eles bem apertados, aparecem os pontos coloridos. Estrelas e cometas brilhantes piscam sobre uma superfície verde limão. As cores variam de acordo com a intensidade com que se contrai ou se relaxa as pálpebras.

Nas aulas, o desafio era a letra cursiva — aquela que não é nem de bastão, nem de forma — e que se usa para redações e ditados. Marcela, era assim que a mais alta se chamava, fazia um S como ninguém. Vitória se especializou no H. Tudo começou durante umas férias de julho na Serra Gaúcha. O hotel era apenas razoável, mas aquele H... H cinco estrelas.

Nunca tinha visto letra como aquela. Era altiva, quase barroca, disse a mãe. Trabalho de artesão, explicou o recepcionista. A inscrição era dourada e enorme. Vitória quase chorou de decepção por não se chamar Helena, pois adoraria assinar o nome com um H daquele. Só se consolou quando a irmã lembrou que a amiga era Marcela e não Sofia ou Sônia, ou seja, também não usaria o tão famoso S no nome.

Vitória passou boa parte da semana de férias dedicada a um insólito e solitário treinamento: fez dezenas, centenas de "Hs".

Primeiro, pai e mãe acharam a atitude da filha estranha e quase lhe deram um castigo quando a menina não quis descer para o café da manhã enquanto não copiasse fielmente a letra que aparecia no chaveiro, no sabonete, no cardápio...

Vencido pela obstinação da filha, o pai foi à papelaria e comprou papel vegetal. Foi assim que Vitória conseguiu copiar, com todas as curvas e voltas, a letra que para ela só tinha um defeito: aparecia muito pouco nas palavras.

No avião, veio escrevendo com o dedo, como se desenhasse no ar.

Coube à Marcela dar o conselho de amiga.

— Comece todas as redações com a palavra Hoje. Assim, o H será sempre maiúsculo.

Elas não eram apenas amigas inseparáveis — quase um clichê nessa época da vida. Eram muito mais que isso. Amigas de verdade que se amavam, se entendiam e, solidárias, sofriam e sorriam uma pela outra. Logo os pais se conheceram e, estimulados pelas filhas, também se tornaram amigos. De vez em quando, saíam juntos e o assunto preferido era a amizade de Marcela e Vitória.

O que mais instigava e intrigava os adultos era a capacidade das duas meninas de transformar o tédio em diversão. Num fim de semana em que o cinema tinha fila de espera de duas horas, elas ficaram andando no *shopping*. Uma pisava nas lajotas pretas e a outra nas brancas. Como os desenhos e a sequência de cores eram irregulares, a brincadeira varou a tarde e atraiu outras crianças.

Assim, não perderam, ganharam tempo. Quando a fila é no restaurante pedem papel e caneta aos garçons e desenham. Se os pais se estressam com a demora, são convidados para um desafio na forca, aquele jogo em que você precisa adivinhar as letras e formar as palavras, quem não acerta é enforcado. Você já deve ter brincado disso, pelo menos uma vez, não?

Em breve, os adultos vão saber da última novidade. Na volta para casa, Marcela e Vitória sentam-se no último banco da perua escolar, cada uma escolhe uma cor e conta quantos carros vão aparecer. Até agora os veículos brancos estão na frente. A vantagem é apertada em relação aos prateados Na quinta-feira, o placar foi de 84 a 77.

Ao contrário dos milhões de paulistanos que sofrem em avenidas e marginais na volta para casa, elas torcem por um trânsito quase parado. Assim fica mais fácil contar. Amanhã, sexta-feira, é dia de decisão. Na segunda tem revanche.

PARTE 5

VIAGENS

PONTE AÉREA

— Quero um expresso paulista.
— Como é que isso? — pergunta o balconista da lanchonete.
— Paulista, ué. Mais fraco que o carioca!
O homem sorri e aumenta a quantidade de água no café.
A brincadeira é de um querido amigo gaúcho, que se diverte com as brincadeiras entre cariocas e paulistas. Lembro, mas não conto, uma outra piada. E não conto de tão velha que é. Talvez nem piada seja, é mais provocação. Ruim ou velha, daqui a pouco você vai dizer, mas que lá nos subúrbios do Rio era contada e ouvida às gargalhadas. São Paulo era tão carente de lazer que o programa preferido de famílias inteiras era ir ao aeroporto de Congonhas ver pousos e decolagens.
Mas eu, também carioca e morador de São Paulo, não ouvi, mas vi a piada. Estavam ali diante de mim: pai e dois filhos. Três amigos muito especiais. E todos os três extasiados com o tráfego aéreo de um dos aeroportos mais movimentados do Brasil. Três moradores de Palmital, cidade pequena

com pouco mais de quinze mil habitantes. Sem miséria, sem poluição, sem violência, mas também... Sem aeroporto. Os palmitalenses nunca tinham visto daquilo. O caçula gritava enquanto se abaixava:

— Olha o bichão aí, paiiiê!

E o mais velho, binóculo pendurado no pescoço, com experiência de três fins de semana de observação, gritava:

—Vem mais um aí, já são dezesseis!

O pai, agrônomo que pouco sai das fazendas do interior paulista, me conta:

— Trouxe uma vez e agora eles querem sempre. Eu mesmo nunca tinha visto desse tamanho. Avião só daqueles pequenos, lá do aeroclube de Santa Cruz do Rio Pardo. — E completa:

— Semana que vem é a vez da patroa.

E eu, o que fazia lá? Bem, nunca vi muita graça em olhar aviões, mas adoro aeroporto. Nada de pouso ou decolagem. Gosto do movimento dos passageiros, do desfile apressado de malas e saias. E, mais que tudo, vibro com aqueles encontros e despedidas nas chegadas e partidas.

Já tinha visto desde aqueles desanimados funcionários das agências que esperam desconhecidos segurando uma placa — Sr. Moreira, Madame Mendes — receberem beijos e abraços do viajante, até os casais mais apaixonados provocarem engarrafamentos de carrinhos de bagagem, com beijos intermináveis.

Vi também pais e filhos chorarem de alegria e também de raiva. Grupos de amigos em algazarra... Amores desfeitos. Viagens sem volta.

Mesmo nos voos mais curtos sempre há um beijo na chegada, uma lágrima na despedida... É só prestar atenção.

Fui tantas vezes ao aeroporto de Congonhas que aprendi mais sobre ele. O piso quadriculado em preto e branco foi feito para dar a ilusão de ótica de um saguão sem fim. O teto arredondado simboliza o espaço sideral. As escadas com círculos vazados sugerem um disco voador... E, de verdade, quanto mais eu conhecia, mais eu gostava.

A descoberta que me deixou mais feliz foi saber que Congonhas é filho de uma tempestade. Em 1934, a enchente alagou o único aeroporto da cidade, o Campo de Marte, às margens do rio Tietê. Só então as autoridades decidiram construir um outro, maior e mais moderno. Na época, escolheram uma área plana e totalmente deserta. Hoje, Congonhas está cercado de prédios.

Escrevi este texto antes da reforma de Congonhas, que, ainda bem, manteve o projeto original, e bem antes do caos aéreo que tem transformado o saguão do aeroporto, logo ele tão charmoso, numa concentração de passageiros estressados e atrasados.

Da última vez que estive lá foi tudo mais rápido. Não procurei emoções nos encontros e desencontros de outros passageiros.

Meu sonho decolou impreciso e, no engarrafamento de volta pra casa, vislumbrei uma construção imaginária e perfeita: curvas que copiam as ondas do mar e o perfil das montanhas.

Uma ponte infinita. Uma ponte livre. Uma ponte aérea digna de Niemeyer, o gênio que detesta aviões e aeroportos

TREM ALEMÃO

É claro que existem os descontentes. Alguns dizem que na Itália os trens atrasam e que na Espanha são sujos. Mas, no geral, a qualidade do transporte sobre trilhos no Velho Mundo é invejável.

Aqui no Brasil, estamos a milhões de trilhos de distância. Não podemos sequer ir do Rio de Janeiro a São Paulo, apesar da estrada de ferro de 400 quilômetros estar lá. E o pior: há pouco tempo, o trem noturno entre as duas cidades era um sucesso. O Trem de Prata foi relançado, a imprensa cobriu, os passageiros prestigiaram, mas pouco tempo depois a ideia foi abandonada.

Não dá para entender porque não temos essa opção. É assim por todo o país: gastaram-se milhões de reais com ferrovias hoje abandonadas. No máximo, servem ao transporte de carga.

De uma hora para outra, os trens de passageiros desapareceram e hoje se limitam aos subúrbios de algumas de nossas metrópoles. Fala-se do Trem Bala, um fenômeno de rapidez e tecnologia, mas não precisa gastar tanto, pois recuperar o que tínhamos já seria uma vitória.

Paciência. O importante é que pelo menos quando estivermos lá do outro lado do Atlântico, poderemos aproveitar. Viajar pelas ferrovias europeias é sempre uma deliciosa experiência de conhecer paisagens, ler sem solavancos, curtir o vagão restaurante.

Sem contar que para o viajante-mochileiro o trem também é hotel. Viaja-se à noite e, assim, é possível dormir nas cabines e passear durante o dia. É desse jeito que muitos estudantes fazem suas primeiras viagens. Se o trem na Europa é tudo isso, dá para imaginar na Alemanha?

Os germânicos são a imagem da organização, com eles tudo parece funcionar bem. É nessa que vou. Embarco de Berlim, a capital, para Dresden, cidade histórica com uma grande tradição cultural e religiosa. Viagem de cerca de duas horas que na tarifa normal para ida e volta custa o equivalente a R$ 150,00.

Cabines espaçosas, poltronas confortáveis, limpeza geral. Saí às 8h12, cheguei às 10h09. Na volta, a mesma precisão e pontualidade no embarque. Mas quarenta minutos depois o susto: tudo se apaga e o trem para repentinamente.

Alguém explica, quer dizer, acho que explica. Afinal, nos organizadíssimos trens alemães a tripulação não fala inglês, e eu, a exemplo de tantos milhões de habitantes do planeta, não falo alemão. Ou seja, explicaram, mas não entendi nenhuma palavra. Tento um passageiro, porém ele dorme na escuridão.

Nos vagões, um grupo de adolescentes de Praga viaja com os professores e parece feliz com a demora. Os jovens tomam cerveja, contam piadas, namoram. Já estamos há uma hora parados no escuro. Por eles, a demora se prolongaria por dias. Não há atraso, apenas uma prorrogação do lazer.

Não durmo, tampouco me divirto. É inevitável pensar nas causas da parada e tentar adivinhar o que aconteceu. Seria um atentado terrorista? Imagino a manchete dos jornais alemães: "Bomba na ferrovia". Ou seria uma bomba em alguma estação que teria provocado a paralisação? Penso nas vítimas, na área isolada, no terror chegando a um país até então incólume à fúria suicida da Al Qaeda.

Outra possibilidade menos trágica: uma sabotagem teria causado um descarrilamento. Aliás, como se fala descarrilamento em alemão? Pode ser também uma greve, o que é muito comum na Europa.

Logo me lembro que estou entre duas das cidades mais bombardeadas do mundo. Berlim e Dresden foram aniquiladas pelos ataques dos Aliados no fim da Segunda Guerra. Seria agora o início da Terceira? Com tantas ideias na cabeça é impossível pegar no sono. Tento o vagão restaurante pensando que uma cerveja gelada e um misto quente me farão o mais feliz dos turistas. Mas o que vem é cerveja quente e misto frio.

— Culpa da falta de energia — explica o garçom.

É ele também quem me esclarece que a interrupção tem uma razão muito mais simples do que eu imaginava: foi apenas falha mecânica. Pergunto por quanto tempo ficaremos ali, ele não sabe, mas tenta me tranquilizar.

— Não passa de quatro horas.

Com tanta paciência, só consegue me deixar mais irritado.

Equipes de socorro chegam, mexem na máquina, na rede elétrica e decidem: o trem será rebocado.

Mais uma hora de espera até outra composição puxar o nosso. Acordo numa estação, pego as malas e saio pensando que finalmente a agonia terminou. Estou, de novo, enganado. Paramos em Leipzig e vamos aguardar um outro trem para só então seguir para a capital.

Abro o guia de viagem e descubro que a cidade fica entre Berlim e Dresden e ali está a igreja de São Tomé, onde Martinho Lutero fez suas pregações a favor da Reforma da Igreja Católica. Mais: o organista da Catedral era Johan Sebastian Bach. Penso que em uma hora poderia ir até a igreja bater uma foto, me aproximar da história e fazer algo bem mais interessante do que ficar parado em pé na plataforma. Outro engano: os funcionários da companhia me informam que não posso me afastar e que às 2 da manhã e com dois graus de temperatura é mais seguro esperar. Puxa vida. São Tomé não é aquele que dizia que é preciso ver para crer? Não posso crer. Tão perto e tão inacessível, Leipzig fica para trás.

Estou novamente viajando quando recebo um questionário. Devo preencher para receber uma indenização pelas seis horas de atraso, fome e cansaço. Ambição e ingenuidade me fazem pensar que num país rico e organizado, além do valor da passagem devo receber uma ajuda de custo por conta dos transtornos. Preencho a papelada e duas horas depois acordo em Berlim. São quatro horas de uma madrugada gelada.

Já estou de volta ao Brasil quando uma correspondência da Companhia Ferroviária Alemã me relembra a aventura sobre trilhos. Abro o envelope e lá estão uma carta com pedido de desculpas e uma indenização de R$ 300,00. Chego a me emocionar com o senso de justiça das autoridades alemãs e com o respeito aos consumidores.

Só não é melhor porque não é verdade. Confesso que pensei nisso e até imaginei a cena. Tudo ilusão de passageiro pouco rodado. A realidade é bem diferente e germanicamente o tal questionário não deixa dúvidas: dá um crédito de 20% do valor da passagem de volta, ou seja, cerca de R$ 15,00. Tento explicar ao caixa, mas ele responde num inglês bem pausado — talvez para que eu entenda de uma vez por todas e deixe a fila andar — que 84,79% dos passageiros da Companhia são alemães e habitantes de outros países da União Europeia. Por isso, o planejamento não prevê exceções para turistas que não irão voltar.

Saio com o bilhete nas mãos e ando ao lado da tal fila. Entre os passageiros, puxo conversa com uma estudante de música com a guitarra nas costas que vai comprar um bilhete para Munique. É a ela que dou meu crédito. Catarina agradece surpresa e me diz que isso nunca acontece na Alemanha.

Penso, mas não digo, que no Brasil também não. Relaxo, ganhei um sorriso, um elogio e um beijo da moça, além de uma história para contar.

EMBALOS GERMÂNICOS

Com a caça aos fumantes de hoje em dia não é fácil imaginar a cena. Mas eu estive lá, passei a noite num bar de fumantes. Vale a pena contar. Fundos cinzeiros de louça branca estão transbordantes de sujeira e exalam aquele odor de bituca afogada em cerveja quente. Uma palavra boa para definir o ambiente é nauseabundo. São pelo menos 50 chaminés ambulantes contra uma garçonete. Apesar da agilidade e esforço, ela perde de longe da sujeira.

Para a sorte da minoria sufocada, uma placa encardida avisa: "É proibido fumar durante os *shows*".

— Uma proteção para a garganta dos artistas — explica a garçonete.

Quando a cortina vermelha se abre, outra cortina de fumaça densa e fedorenta ainda embaça a cantora. Mas é por pouco tempo. Em segundos, ninguém presta atenção em mais nada que não seja a voz grave e o jeito febril de tocar o violão de sete cordas. Dá para ver que estamos diante de uma ótima cantora. Até que a quarta música é interrompida quando ela chama dois rapazes que tomam cerveja no balcão. De início, parece uma reclamação por eles não prestarem atenção à música, mas a questão é bem mais séria. A bronca é pelo atraso.

Os dois fazem parte da banda. Sem pressa, tomam o último gole, sorriem para a companheira, para a plateia e assumem os instrumentos. Guitarrista e baterista têm cara, cabelo e jeito de roqueiros; só falham por um aspecto: não sabem tocar. A situação do guitarrista é patética, ele segura o instrumento como se equilibrasse um saco de cimento de 50 quilos na chuva. Ele chega a fingir que está tocando, dedilha as cordas, balança a cabeça dourada, mas nenhuma nota sai dali. O baterista até se concentra, mas não passa do tá-tum, tá-tum...

É nesse momento que uma jovem ajeita o microfone. Ela tem menos de 18 anos e pelo jeito veio da escola direto para o bar. Não tirou o uniforme, não desfez a maria-chiquinha. É a *backing* vocal.

É performance teatral, sim, mas é, acima de tudo, música de verdade e muito boa. A vocalista canta, toca e leva o grupo nas costas. Alguns artistas crescem no palco, é o caso dela que improvisa, dança, conversa, tudo ao mesmo tempo e com a mesma leveza. Quando a cantora anuncia o intervalo, um fã precipitado pede bis. Gargalhadas se misturam aos aplausos.

Nesse *show* em que tudo se mostra tão divertido, vale a pena revelar um pouco mais da nossa estrela. A altura não passa de um metro e sessenta, a idade não chega aos trinta. A moça é do tipo musculosa, com braços e pernas fortes, ombros largos, peito estufado. Olhar verde, sorriso fácil, boca carnuda, o rosto brilha molhado de suor.

O cabelo que sobra acima das têmporas raspadas está encharcado. Olhando e ouvindo dá para identificar um jeitão Calcanhoto e uma voz parecida com a de James Taylor — você já vai entender porquê.

Uma balada encerra o *show* de uma hora e meia. O grupo se abraça e é aplaudido de pé por pelo menos cinco minutos. Voltam para o bis, ganham mais palmas e depois vem o bis do bis.

Já são duas da madrugada e a plateia quer mais. Novamente é atendida. A cantora volta, agora sozinha, ensina duas músicas ao público e a brincadeira vai longe. Um homem entrega flores, outro leva um *chopp*, uma mulher diz que ela é linda, todos aplaudem. Três e quinze.

É quase inacreditável, mas as pessoas suplicam uma última música e, aí sim, o inacreditável acontece. Do mesmo balcão de onde saíram os músicos, surge um vira-latas faceiro que corre para o palco e pula no colo dela. Começa então um dueto surrealista.

Ela canta e ele uiva, uma dupla afinadíssima. O bicho ensaia uma dança, nada a ver com aqueles pobres animais amestrados de circo. É só um cão-artista que, como todos ali, adora boa música. O cachorro também improvisa uma percussão passeando suavemente sobre a bateria. É aplaudido de pé.

Existem poucas situações mais belas que um ser humano feliz, realizado com o que escolheu como meio de vida e é exatamente isso o que vemos ali. É assim, radiante, que ela se despede às três e quarenta da madrugada. Mckinley Black, seu nome. É americana, apesar de falar tão bem o alemão com todas aquelas consoantes enfileiradas. Antes de ir embora, penso como a música, muito mais que o cinema ou o futebol, tem o poder de encantar e unir as pessoas. Não importa o país ou o idioma. Procuro na memória algum *show* parecido e concluo que nunca tinha assistido nada igual.

Tudo isso rolou numa noite fria do outono de Berlin, na Alemanha. Até hoje o som de Mckinley e seus amigos me faz companhia aqui no Brasil. Quando não consigo lembrar das músicas, me recordo das piadas e cenas que vi e ouvi naquela balada germânica.

PASSEIO

O carro ficou na oficina e ele na calçada sob o sol do meio dia, sem saber que ônibus liga o Pacaembu ao Brooklin. São menos de vinte quilômetros, mas o tempo dos trajetos em São Paulo não se relaciona com a distância.

O motorista, agora passageiro, nem sabia se embarcava de lá pra cá, ou daqui pra lá. Atravessou para o canteiro central, onde agora ficam os pontos e é possível embarcar para qualquer sentido. Só não encontrou os itinerários, porém, perguntando, logo descobriu que deveria pegar o ônibus Parque Dom Pedro e de lá seguir para o Brooklin.

Entrou, pagou, sentou com o privilégio da janela e no lado da sombra. A cada parada, cinco, dez novos passageiros. Era como um filme movimentado que ele assistia curioso, na tranquilidade do seu banco individual.

O conforto durou pouco. Uma senhora com três sacolas e muitos cabelos brancos olhou-lhe nos olhos. Ganhou o lugar.

Entravam adultos e crianças, várias com sorvetes coloridos e derretidos. O calor aumentava e ele descobriu que a parte debaixo das janelas não abre mais. Pede licença, se estica e puxa com toda a força a janela. Ela não se mexe, está emperrada.

Ganha odores. Um jovem esfrega a mochila em suas costas e pescoço. A viagem está no meio. Ele solta o balaústre — não conheço outra palavra — para coçar o nariz e perde o lugar onde se segurava.

Sente os buracos e lombadas das ruas paulistanas na coluna e nas articulações. Duas ou três freiadas de acomodação, aquelas em que todos vão um pouco para frente e pronto: o ônibus está no Terminal Bandeiras. Quase todos descem. Ele vai até o Terminal Parque Dom Pedro, também no centro, onde finalmente embarca para o Brooklin.

Quando chega, percebe que não há esse destino e volta em outro ônibus para o Terminal Bandeiras. Senta de novo, abre o jornal, ouve as mensagens da caixa postal do celular e depois de trinta minutos embarca para o Brooklin e viaja no tempo.

Lembra-se de quando andava de ônibus com a mãe e como foi bom o dia em que, já crescido, não podia mais passar por baixo da catraca, que lá no Rio de Janeiro chamavam de borboleta. Tirou o dinheiro do bolso e pagou a própria passagem.

Recordações interrompidas por sussurros no banco de trás.

— A vagabunda ligou lá pra casa e queria falar com o meu marido. Eu disse que ele não estava e a desgraçada perguntou se eu era a empregada da casa.

— E aí? — pergunta curiosa a amiga sentada ao lado.

— Aí que ele chegou e com a maior cara de pau do mundo disse que devia ser engano. Como engano se a vaca ligou cinco vezes?

— Calma, isso também já aconteceu comigo. Dei um celular de presente pra ele e nunca mais elas ligaram lá para casa.

Solavancos e buzinas não deixam a história terminar...

Ele se recorda que nos tempos de menino ouvia-se rádio nos ônibus e que ninguém falava ao celular. Ficha rosa era meia passagem, a azul passagem inteira e, lá na frente, uma caixa de vidro guardava as fichas que depois eram recolhidas pelo trocador. É assim que os cariocas chamam o cobrador.

Agora a conversa vem do banco da frente. São duas adolescentes do Morumbi que foram ao centro para enfeitar nariz, sobrancelhas e orelhas com *piercings* prateados. Aproveitaram para comprar camisetas na Galeria do Rock. A loura relata:

— Meu pai vai passar quinze dias na Itália com a minha mãe e sabe o que ele me perguntou?

— Hã...

— Se eu queria ir.

— Então...

— Eu falei: Pirou? Tá louco, meu? É claro que eu vou para Peruíbe com o Marcos e, além do mais, cá entre nós, imagina como vai ser bom ficar sozinha em casa.

— Sei...

— Que foi? Está desanimada?

— Não, é que estou sentindo algo estranho... Está escorrendo alguma coisa na minha orelha.

— Deixa eu ver. É, está escorrendo mesmo, mas não se preocupe. É só um líquido vermelho...

Suado e atrasado, ele pensa que o carro vai ficar uma semana na oficina, e desce sorrindo com o dinheiro trocado para a viagem de volta.

EPÍLOGO

Não saber o idioma de um país é sempre uma sensação desconfortável. É como ver um filme sem entender a trama, ouvir uma piada e não compreender o final. No entanto, não conseguir comunicar-se numa nação bilíngue, que fala justamente inglês e francês, pode ser duplamente angustiante.

Foi assim com a minha amiga. Márcia tem quatro filhos adultos, alguns netos e até hoje não desistiu de aprender inglês. Nas férias, foi passear no Canadá com o marido, que é poliglota. Dizem que os canadenses misturam timidez com desinteresse e, como se fossem suíços numa tribo indígena, falam pouco e ouvem menos ainda.

Para a sorte dos turistas, o poder de comunicação dos taxistas é universal e foi num táxi que o casal se viu diante do primeiro desafio. Enquanto o marido explicava em francês o endereço do hotel, ela se encantava com a paisagem vertical de Toronto, sem entender patavina e felicíssima com isso. Mas durou pouco. Pela ansiedade na voz do motorista e pela impaciência no tom da resposta do marido, ela sentiu ali, entre quatro janelas, a exasperação que antecede as brigas.

E não era aborrecimento que o casal buscava em terra tão distante. Por isso, Márcia resolveu agir. Começou dando duas cotoveladas nas costelas do marido, lançou aquele olhar já temido e só então ele descobriu que estava na hora de explicar a razão do desentendimento.

Em português, para que o taxista não entendesse, ele contou o que se passava:

— Este homem quer saber o final de uma novela brasileira que está passando aqui. Eu disse que não assisto à novela e ele acha que estou brincando, que é piada de brasileiro. O pior é que ele não sabe o título da novela em português. Como posso responder?

Com o inglês parco, aperfeiçoado às duras penas em duas aulas semanais, Márcia fez o que pôde. Do idioma não entendia muito, mas novela era com ela. Começou devagar pedindo desculpas pelo desconhecimento do marido, mas o motorista queria fatos. Direto, também num inglês sofrível, já que usava mais o francês, ele intimou:

— Como termina a história?

Mas como Márcia nem sabia de que novela se tratava, recomeçou a conversa e o homem relatou que a história envolvia duas gêmeas e se passava numa praia. Já era uma pista, ou melhor, duas... Mesmo assim faltava muito ainda. A maior dificuldade era se encontrar no tempo. As novelas brasileiras são repetidas em alguns países anos e anos depois.

O homem explicou que assistia e vibrava com a história todas as noites ao lado da mulher. Para Dennis, esse era o nome do canadense, ter encontrado um casal de brasileiros era um presente do destino. Essa parte ela não entendeu, mas o marido alerta traduziu, e Márcia fez uma proposta que até hoje nem ela mesmo acredita.

— Tenho certeza que se eu assistir pelo menos uma parte me lembro.

Sem dar tempo ao incrédulo marido, emendou:

— Nós podemos deixar as malas no hotel e depois vamos até a sua casa. Lá, assistimos ao capítulo e aí eu lhe conto. Vendo eu descubro — assegurou Márcia com toda a convicção que seu inglês permitiu.

Dennis sorriu pela primeira vez, agradeceu e, ao mesmo tempo que dirigia, beijou comovido as santas mãos de Marcia. Atônito, o marido só teve forças para deslizar no banco traseiro.

Nunca mais se esqueceram da aventura. Na casa pré-fabricada, uma habitação muito comum por lá. Beberam cerveja, jantaram pato assado com macarrão e quando finalmente a novela começou, Márcia não teve dúvidas.

— É Mulheres de Areia.

Essa novela contava a história de duas irmãs gêmeas que de tão parecidas confundiam os outros personagens e disputavam o amor do mesmo homem.

Comendo um crepe de sobremesa, o casal de brasileiros explicou que a novela era mais velha que a mulher do taxista. Passava dos trinta e a versão de agora era uma refilmagem.

Sobre o final, o casal de dividiu. Dennis queria saber como a novela terminava, Marcelle preferia esperar o último capítulo. Enquanto ela retirava o louça, Márcia explicou qual das gêmeas ganhava a disputa. Dennis levou o casal de volta, junto com Marcelle que pedia a Márcia que contasse mais detalhes sobre o autor, o elenco, a história...

No mês passado, Márcia e o marido receberam um cartão postal. Marcelle e Dennis contavam novidades da vida e do trabalho e, no fim, perguntavam:

— Vocês viram O Clone?

Com outro amigo aconteceu uma história parecida. O encontro dos restos mortais de Che Guevara o levou a Havana, capital cubana, para uma reportagem especial. Ele e a equipe chegaram com muita bagagem. Centenas de quilos de fitas, câmeras, baterias etc.

No aeroporto, um poderoso esquema de segurança.

— El comandante Fidel não gosta de surpresas — explicou um policial já os levando para a alfândega.

Perder tempo naquela sala quente e escura era tudo o que eles não queriam e não podiam. Eram muitas as entrevistas e locações em apenas alguns dias de gravação. Aqueles minutos fariam muita falta, já reclamava o estressado repórter. Mas não houve jeito, todos foram confinados. O policial olhou cada um dos pés a cabeça e depois baixou levemente os óculos com armação de tartaruga. Enigmático, balançou a cabeça como quem diz: "Não adianta querer me enganar".

Disse que estava cumprindo seu dever e que por isso ia examinar cada bolsa e retirar todos os equipamentos, um por um, em busca de alguma bomba ou arma. Controlando-se para não explodir diante do que parecia uma sessão de tortura, a equipe explicou que todos ali eram jornalistas, estavam a serviço e com autorização do governo Cubano. O policial pensou por alguns minutos, e mandou que todos ficassem em silêncio.

Até que bateu com a bota no chão e chamou a equipe para dizer em voz baixa:

— Posso liberar vocês e a bagagem, mas com uma condição. — O grupo se entreolhou com mais curiosidade do que medo. É famosa na ilha de Cuba a tradição do câmbio negro. Homens e mulheres vendem clandestinamente charuto, rum, até comida. Clandestino, sim, porque na terra de Fidel tudo é do Estado e não pode ser negociado entre cidadãos.

Os brasileiros chegaram a pensar também em um pedido de propina, talvez um passaporte brasileiro... Erraram feio.

— Respondam-me apenas sim ou não — ele ordenou colocando todos perfilados de cara para a parede.

— Vocês todos são brasileiros?

— Sim! — disseram em uníssono.

— Vocês todos trabalham em televisão?

— Sim! — já assustados.

— E veem o que fazem?

— Sim — já desconfiados.

— Então me digam agora. Quem é o assassino da Próxima Vítima?

Foi impossível não cair na gargalhada. Até ele, o oficial, riu encabulado. Disse que a uma semana do final precisava da resposta.

O operador de áudio matou a curiosidade do guarda, salvou a pele e a reportagem de todos. O cubano saiu feliz e agradecido. Ainda foi possível vê-lo chamando os colegas e contando a novidade todo satisfeito.

Próxima Vítima foi mesmo um dos maiores sucessos dos últimos tempos, novela de suspense, ambientada em

São Paulo que quem viu não esqueceu. O autor, Silvio de Abreu, foi astuto e preparou vários finais diferentes. Com isso, manteve em suspense a imprensa, a equipe técnica da novela e até o elenco.

O mistério só terminou mesmo no último capítulo. Os finais diferentes não foram desperdiçados. Editados, acabaram sendo aproveitados justamente na exportação da novela. Cada país teve um assassino, mas como a Próxima Vítima foi exibida em dezenas de países, alguns viram o mesmo desfecho.

Que o assassino em Cuba seja o mesmo que no Brasil. É para isso que meu amigo torce todo dia com medo que algum cubano irado faça dele a próxima vítima.

PARTE 6

APETITE

CABRITO CARIOCA

Ruy Castro, mineiro de nascimento, carioca de coração, diz que ser filho da Cidade Maravilhosa é um estado de espírito.

— Japonês pode ser carioca, assim como suíço ou amazonense. É só uma questão de se entender com a cidade — sustenta o escritor.

Essa boa convivência requer um gosto especial pela bermuda e sandália havaiana. É preciso também aproveitar a cidade caminhando, pedalando, namorando as paisagens. Eleja um botequim, uma banca de jornal.

— Antes de saber sobre as notícias de Barack Obama e Lula, informe-se sobre as novidades da sua rua, do seu bairro — ensina o carioquíssimo Ruy.

O jeito carioca inclui ainda certo interesse comum pela conversa dos outros e, nesse caso, a conclusão é minha.

Explico. O cidadão aguarda uma chance, um momento de hesitação, ou até de respiração, e entra no assunto. Pode ser na padaria, no ônibus, na praia. O melhor: carioca, nascido ou não no Rio, gosta disso. Não recebe o palpite como intromissão, mas como colaboração. É um argumento a mais na salada de opiniões, um debate-papo onde todos falam e todos perdem, mas logo acham a razão.

Em Osvaldo Cruz, perto de Madureira, é cadeira na calçada. Na Tijuca, é nos bancos da Praça Saens Pena, e cada bairro acaba tendo o jeito próprio de reunir seus moradores. São cenas que dão vida ao Rio e a seus habitantes.

Já para alguns cariocas, melhor do que contar é ouvir uma boa história da cidade. Sobretudo quando a narrativa é de um visitante que foi lá e constatou que a realidade é bem melhor do que tudo aquilo que ouvira. A geografia era mais bela do que as novelas mostravam, sem falar das virtudes que só quem viu acredita. Como descrever a emoção de um clássico no Maracanã? Ali perto a boemia de Vila Isabel e depois do túnel... Ipanema espera... Ótimo, não?

Bom humor em dia, aquecido pelo sol de quase sempre. Claro que essa é uma descrição de turista encantado. Mas quem mora ou já viveu no Rio sorri orgulhoso. Parece que ouve um galanteio. É como se o elogio fosse para ele.

Eu, por exemplo, estava de férias em Florianópolis quando alguém puxou conversa. Não, não era um conterrâneo, mas um paulista de Campinas. A história de Carlos se passa num verão dos anos noventa.

A viagem foi presente que ele se deu no aniversário de vinte e cinco anos. Viu, passeou, namorou e depois de um ensaio na quadra do Salgueiro teve vontade de conhecer um bar chamado Nova Capela.

O Capela, como chamam os mais íntimos, combina a simplicidade da Rua Mem de Sá e suas meninas de vida nada fácil, com a tradição de toalhas imaculadas, guardanapos de pano, garçons profissionais e gravatas borboleta. Alguns trabalham lá desde os tempos em que a Lapa era o berço da boa malandragem.

Ele foi para ver, mas, principalmente, para provar o tal caldo verde. Prato forte, indicado para curar bebedeira e que era servido até o sol raiar. No banheiro, outro lugar que carioca adora conversar, ele perguntou a um desconhecido sobre o caldo verde.

— É uma delícia, mas a melhor pedida aqui é o cabrito com batatas.

Eram 4 da manhã e ele achou mais prudente evitar, mas acrescentou:

—Venho aqui outro dia só para provar, fica tranquilo.

— Não, de jeito nenhum! Você tem que provar hoje! Vai que você tem que voltar hoje para a sua cidade? E de olhos arregalados: come agora, já!

Eles já haviam terminado o que tinham para fazer no banheiro, mas a conversa continuava.

— É a paleta?

— Isso, a paleta. A parte mais gostosa e carnuda — confirmou com água na boca o agora conhecido colega da noite carioca.

O viajante sorriu, abanou a cabeça negativamente, agradeceu de novo e enquanto lavava as mãos despediu-se, certo de que tinha livrado o estômago da perigosa aventura. Sentou-se, pediu o caldo da verde, mas antes da sopa chegou uma farta porção de cabrito assado com batatas coradas.

Lá do outro lado do salão o companheiro de toalete acenava sorridente:

— Bom apetite e se quiser mais pode pedir que é por minha conta!

Dessa ele nunca se esqueceu, e cabrito mais saboroso jamais provou.

Na saída, uma surpresa. Num marmitex, que lá é chamado de quentinha, um pedaço de queijo branco e goiabada cascão, em cima um cartão com o nome do carioca e uma dedicatória: "A sobremesa é para curar a insônia do cabrito".

Carlos contou-me a aventura gastronômica e logo perguntou:

— Qual é o mistério dessa hospitalidade ao mesmo tempo irreverente e generosa, que conquista qualquer forasteiro?

Quando contei a Carlos o orgulho que os cariocas sentem ao ouvir esses elogios, descobri que ele também estava feliz da vida por ter uma boa história no currículo de viajante. Prometi a Carlos que voltarei ao Nova Capela.

Entusiasmado, ele recomendou:

— Não esqueça, a hora boa é às 4!

Concordei e estarei lá sim. Às 4, mas da tarde.

Em nome do bom relacionamento com o cabrito, as batatas e a cidade.

PÃO NOSSO DE CADA DIA

Encontro com ele mais que com as minhas filhas, com a minha namorada, com meus colegas de trabalho, com meus poucos amigos de verdade. Vejo mais também que o meu pai e minha mãe, meus irmãos e sobrinhos tão saudosos. Querendo ou não, estou perto dele todo dia.

Ele não é porteiro do prédio, que folga uma vez por semana, ou meu chefe que não vejo faz dias, muito menos o jornaleiro. Ele é alguém que vejo, mas não conheço; encontro, mas não falo.

Há aqui em São Paulo, e em muitas outras boas cidades deste mundo, um hábito saboroso de tomar café na padaria. E eu moro em frente a uma. Certamente não é a melhor da cidade, mas é ótima e tem uma qualidade impagável. É a "minha padaria". Não preciso pedir, não preciso explicar. Eles sabem a fruta que gosto, conhecem a cor do pingado e o pão na chapa é como os melhores filés da praça, ao ponto.

Ali, leio o jornal, converso com a Rejane e a Edileusa, as garçonetes, vejo o movimento na rua, começo o dia. Mas é ali também que acima de tudo, encontro com ele. Sim, porque já houve vezes, pouquíssimas é verdade, da fruta não estar madura, do café chegar frio, do pão passar do ponto. Só o que não acontece é aquela mesa do canto ficar vazia.

A hora também não muda, às dez e meia ele chega. Vem sempre de carro e com o mesmo figurino: uma bermuda frouxa que um dia foi preta, camisa polo listrada e amassada, sapato *top side* desamarrado. O cliente pontual tem entre quarenta e cinquenta, mais ou menos um metro e noventa. As panturrilhas finas e brancas, como dois copos de leite, mostram queimaduras. Deve ter sido um desses motoqueiros que de vez em quando experimentam a dolorosa temperatura do escapamento.

É isso, um ex-motoqueiro, e dessa inútil conclusão não consigo passar. Chova ou faça sol, ele nunca se separa do Ray Ban de aros dourados e lentes bem escuras. O cabelo desgrenhado revela o sono há pouco interrompido. Bem no alto da cabeça, vejo o couro cabeludo exposto e não é calvície não. É a marca do travesseiro que passou a noite e parte do dia grudado ali. Sabe aquela clareira que se abre bem no meio do coco da cabeça, com metade do cabelo para frente e outra para trás? Pois é isso que todos veem, mas acho que ninguém dá tanta atenção a esse tipo de detalhe. Sou capaz de apostar um café como ele saiu de casa sem escovar os dentes.

Termina de fumar o Marlboro na calçada e todo o dia repete a pedida, dois ovos fritos de gema bem mole e um pão francês cortado em rodelas, ao lado uma xícara grande de café preto. Come quieto, anda sem celular, não lê jornal, não conversa com ninguém. Não está ali para bater papo, mas para comer. Mantém o olhar perdido a quilômetros de distância, sem que ninguém saiba sequer a cor de seus olhos, sempre escondidos pelo tal Ray Ban.

Não sorri, também não reclama. No final, pede sempre um café, ainda mais preto. Vai até a calçada, mais um cigarro, baforada pro alto. Nem Edileusa e Rejane, sempre tão informadas, sabem o nome do homem que todo dia paga em dinheiro vivo, normalmente uma amassada nota de R$ 10,00, acrescenta um maço de cigarros à conta e larga os centavos de troco em cima da mesa. Acredite, apesar de todos esses detalhes, olho pouco. Não pega bem.

Confesso que minha curiosidade já me levou, mais de uma vez, a ensaiar um cumprimento, mas como falar com alguém que nem se sabe para onde olha e que claramente não está para conversa? Melhor deixar para lá, eu mesmo me aconselho e, já me repreendendo, lembro daquela expressão "papo de lavadeira" usada para classificar a conversa das fofoqueiras.

No domingo fui à padaria com a minha namorada. Já cansada de ouvir tantas histórias sobre meu misterioso e matutino companheiro de café e colesterol, ela de repente parou de falar. É aquela situação em que você descobre que seu interlocutor está diante de uma cena sensacional. Pode ser uma linda mulher (ou homem), um acidente de carro, ou um antigo amor perdido no tempo que reaparece sem avisar. Não posso virar o pescoço, para não desfazer a surpresa, e suporto estático até que ela me sussurra:

— Ele está ali.

— Como você sabe se nunca viu?

— Pelo tanto que você fala, posso apostar que é ele.

Retruco algo, decepcionado:

— Isso não é novidade, ele não sai daqui.

É aí que ela dispara:

— Só que hoje ele está com uma mulher!

Quase derrubo o café e olho decidido. Sim, é verdade. O mais incrível, ou seria o mais óbvio, é que ele agora é outro homem. Claro que a roupa, o cabelo e os óculos não mudaram. O desleixo é o mesmo, mas o clima é outro, algo diz a mim e a todos que ali está um homem feliz.

Ele sorri, pega na mão dela, transmite romantismo. Chama Edileusa pelo nome.

Olho de novo, mas não muito, o suficiente para ver uma mulher elegante e simpática abraçá-lo e mexer-lhe no cabelo. Eles levantam, fumam juntos, olham-se o tempo todo.

Vejo que desta vez ele veio sem o carro. Suplico à minha namorada:

—Vamos segui-los e descobrir onde ele mora?

Ela deixa o suco pela metade e, tão curiosa quanto eu, anima-se para a aventura. Mantemos uma distância prudente e 200 metros de caminhada. Depois eles entram num prédio. Deduzo que além de tudo o sujeito é um preguiçoso de marca maior.

Eu e ela rimos juntos da brincadeira, pensando que muito provavelmente o misterioso comedor de ovos fritos deve estar com os mesmos pensamentos ao meu respeito. Imaginamos uma conversa dele com a namorada a meu respeito.

— Finalmente aquele cara desencalhou. É dele que sempre te falo. Chega sozinho, não dá uma palavra e ainda fica me olhando… Pede sempre a mesma coisa, é um sujeito estranho, cheio de mistérios. Mas quem sabe essa mulher não dá um jeito nele?

PAPO DE BAR

Os dois, apesar de jovens, sempre foram bebedores de respeito. Isso, na linguagem dos boêmios, é sinônimo de boa resistência, mas, acima de tudo, significa beber com classe, sem vexames.

Nada de briga, de ficar derrubando copo, passar mal na mesa ou no banheiro.

A boa conduta tem outros mandamentos: evitar a gritaria, não mexer com mulher acompanhada e passar longe de certas misturas, como, por exemplo, vinho e cerveja. Já *chopp* e cachaça, dependendo do caso, pode até ser aconselhável. Outra norma estabelece que não se deve beber de barriga vazia e nunca, atenção para esse nunca, dirigir bêbado. Com eles nem era preciso insistir: do escritório — assim chamavam o bar — para casa iam a pé ou de ônibus. Uma carona quando a sorte ajudava. Carro, nem pensar.

O bom humor sempre foi companheiro da dupla. Jamais alguém os viu deprimidos ou chorosos. E, descontraídos, conversavam sobre todos os assuntos — papo gostoso que atraía novos companheiros de balcão e, assim, garrafas e garrafas eram esvaziadas.

O organismo deles parecia feito sob medida para o álcool, com dois ou três copos ficavam ligeiramente alegres. Aparentemente isso poderia ser uma fragilidade, mas não era. Essa euforia inicial se estendia por outras dezenas de copos. Era como se entrassem numa longa estabilidade etílica. A memória deles funcionava melhor, o repertório de músicas, cantadas e escalações de times de futebol se renovava e dessa forma era possível passar horas e horas bebendo sem se deixar vencer. Os dois mantinham a língua firme e o raciocínio claro.

Até que veio a ideia de fazer a brincadeira que era quase uma performance teatral e funcionava mais ou menos assim: um chegava muito sério e preocupado, o outro alegre e descontraído.

O primeiro nem falava, pedia a bebida por sinais, olhava para baixo e constantemente encostava a cabeça nos braços cruzados sobre o balcão. Estava arrasado, garçons e clientes se entreolhavam, preocupados comentavam em voz baixa:

— Rapaz tão novo, tão simpático...

— Deve ter brigado com a namorada...

— Ou então alguém morreu na família.

— Ouvi dizer que a mãe não andava bem.

Ele pedia licença para ir ao banheiro e murmurava, diante dos penalizados companheiros de boteco:

— Desculpem, mas nem dá para contar.

O outro rapaz entrava em ação: pedia mais uma cerveja numa alegria quase irritante.

— Aí chefia, pega uma daquelas lá do fundo. Estupidamente gelada. Faz de conta que é para você.

Enquanto o balconista ia atrás da encomenda, ele batucava no balcão e assobiava. Sorria, agradecia e brincava com o amigo sorumbático. Depois de três ou quatro rodadas, uma dupla e inacreditável transformação. Como se a bebida fosse um antídoto para a depressão, o tristonho passava a sorrir e a brincar. Pedia uma comida, elogiava a cozinheira, puxava a gravata do garçom.

Ao companheiro, antes tão descontraído, cabia o papel inverso. Como que influenciado pela dor do amigo, fechava a cara e chegava a enxugar os olhos com guardanapos. Quem ficava do outro lado do balcão chegava a duvidar, até que os dois se despediam e saíam abraçados. Deixavam para trás funcionários, fregueses e seguranças, todos intrigadíssimos. Só havia uma hipótese possível: o triste se alegrou de bêbado e o que estava alegre deprimiu-se por solidariedade.

— Bela amizade — repetiam comovidos os outros bebedores.

A brincadeira se repetia em vários botequins, sempre com o mesmo sucesso. Até os amigos de faculdade se interessaram e iam aos bares para acompanhar a brincadeira. Enquanto os dois se divertiam, os outros, sem dizer que conheciam a dupla, cutucavam os garçons.

— Aqueles dois estão bem?

— Parece que um deles está chorando...

— Mas aquele que está rindo não era o que...

Os funcionários também não sabiam o que responder. Quando a diversão corria o risco de não surpreender mais ninguém, surgiu outra ideia logo posta em prática. Um deles chegava de muleta, com a cabeça enfaixada e o braço na tipoia O outro entrava absolutamente normal e saudável, com passo firme e peito estufado.

A história começava num volume em que todos podiam ouvir.

— Eles me cercaram, eram pelo menos uns cinco, tentaram me assaltar, eu reagi. Derrubei uns dois, mas aí um terceiro me bateu com um porrete na cabeça.

— E depois? — o companheiro ajudava.

— Aí apanhei de verdade.

A vítima só começava a beber depois de muita insistência e lá pela terceira rodada dizia que estava se sentindo bem melhor, que a cerveja era excelente e pronto: tirava a muleta. Mais dois *chopps* e o amigo — aquele que estava vendendo saúde — tropeçava, quase caía e berrava segurando o joelho. A dor era muito forte. E ele não conseguia mais ficar de pé.

— Pegue a minha muleta! — solícito, o amigo oferecia.

O outro aceitava e batata! Os meniscos e ligamentos voltavam ao lugar e ele cada vez mais se apoiava na muleta. O alívio durava pouco tempo e aí uma enxaqueca avassaladora invadia.

Novamente, o amigo solidário o socorria, tirava a faixa da cabeça, mergulhava no gelo, que circundava o barril de *chopp*, e colocava na testa do companheiro de copo. Se não der resultado me avise que lhe receito logo um Dorflex!

As pessoas, que no primeiro momento pensavam em chamar um médico, já riam da situação. Era nessa hora que ele pedia mais uma cerveja e arrancava a tipoia. *Shrrapp*, Puxava com gosto o esparadrapo e, girando o braço como fazem os nadadores, dizia com toda a tranquilidade:

— Ah, que alívio — e depois, completava. — Bem, vocês me deem licença, pois vou levar meu amigo em casa e, por via das dúvidas, já vou lhe amarrar a tipoia. Vai que ele leva mais um tombo, não é? — terminando a frase com um sorriso matreiro. O talento artístico nunca passou dos balcões; um virou engenheiro, o outro médico.

Depois de dez anos, se encontraram na Internet, trocaram *e-mails* e marcaram um encontro para a semana seguinte. Vão voltar ao velho bar e, como detestam piada velha, já combinaram; um vai com a camisa do Flamengo, o outro com a do Vasco.

ALMOÇO

Na Paulista, na Berrini, na Faria Lima... Nas mais belas e importantes avenidas de São Paulo, e também em anônimas ruas da periferia, a hora do almoço é especial. Entre meio-dia e 2 da tarde, a cidade ganha vida. Grupos enormes de homens engravatados e mulheres bem vestidas com seus inseparáveis celulares saem de escritórios e bancos, felizes como estudantes na hora do recreio.

Sempre gostei de observar o movimento a essa hora. O sol a pino e eles nem aí, as calçadas estão lotadas e o congestionamento muda de lugar. Na ida, o passo apressado de quem precisa atender ao estômago. Na volta, conversa descansada de quem adoraria não voltar ao trabalho.

Porém, há outro detalhe que mais me chama atenção desde que comecei a viver e a almoçar em São Paulo. Fiquei encantado com o cardápio fixo que é oferecido democraticamente em todos os bairros da cidade. Na segunda, virado à paulista; na terça, rabada ou bife à rolê; quarta é dia de feijoada; na quinta, o prato é frango com macarrão ou filé à parmegiana; às sextas, onde você senta encontra peixe com molho à escabeche, cozido ou numa moqueca; sábado volta à feijoada. E domingo? Domingo é dia de *pizza*.

Ninguém sabe quem inventou, mas esse cardápio básico, consagrado por milhares de restaurantes populares e padarias de São Paulo, é fantástico. Tão perfeito que vicia. Eu, por exemplo, nunca comi feijoada no domingo, ou peixe na segunda. Não combina. É como trair um amigo. É claro que com a comida por quilo, essas refeições perderam espaço, mas em qualquer botequim, desses em que o quitute do dia aparece escrito numa lousa, a sequência gastronômica é seguida à risca.

Há um desses honestíssimos estabelecimentos que é ainda melhor: oferece os pratos tradicionais em seus dias certos, mas há também uma opção de segunda a domingo: bife com feijão, arroz e batata frita. Tão simples quanto genial. Porque há poucas combinações tão saborosas quanto essa. Na receita dessa delícia um mandamento básico: tem que sair da panela direto para o prato.

Dizem que feijoada é melhor no dia seguinte. Uma peixada pode sair incólume do micro-ondas, carne de panela também. Mas bife, feijão, arroz e batata frita, só na hora.

Estou naquele restaurante do qual falei há pouco. É um lugar simples num bairro badalado. Normalmente tem espera na porta. Na fila, gente jovem e bonita, motoristas de táxi, aposentados com pouco dinheiro e operários da construção civil com muita fome. Vejo um moreno atarracado de pouco mais de metro e meio acomodar uma montanha de comida num prato fundo. A refeição com bife, feijão, arroz e fritas recebe reforço.

Primeiro o homem bota arroz e soca com a colher até formar uma superfície plana, depois feijão em abundância que também recebe uma aprumada, uma segunda cobertura de arroz, feijão novamente e farofa, que, como se diz no Brasil lá de cima, aumenta o pouco, diminui muito, esfria o quente e aquece o frio.

Ainda pensava no ineditismo do feijão com arroz em camadas e na polivalência da farofa quando vejo que por cima ainda vem uma cobertura: um ovo frito equilibrista, com gema mole e ao lado, em outro prato, um bife bem acebolado. Acredite, quando o homem sentou, o rosto dele sumiu atrás do prato...

Com os aposentados o apetite é menor, valem conversas e brincadeiras. Vejo um senhor de setenta anos passar pela mesa de alguns contemporâneos, tascar um pedaço do bife de um e beber um gole de cerveja do outro. Alguém vai lá e leva o jornal dele embora, outro esconde os óculos. Curioso como o humor das pessoas muda na hora das refeições, principalmente quando são bem atendidas.

É por isso que tantas vezes elejo o ato de almoçar como um prazer solitário. Estou numa daquelas mesas compridas onde você pede licença e senta ao lado de desconhecidos. Não há televisão nem rádio, o único som é o das conversas alheias. Confesso que adoro ouvir um desses papos, ainda mais quando seus colegas de mesa falam naquele volume adequado em que você ouve tudo sem esticar o pescoço.

— Deixe de ser boba. Não é porque ele é seu marido que precisa saber de tudo!

Ao lado duas mulheres:

—Você nem parece carioca, mania de dizer a verdade.

O garçom interrompe minha audição e, sem saída, faço meu pedido.

— Quero bife, batata frita, feijão e arroz.

Contra filé e batata chegam juntos, feijão e arroz estão ali, fumegantes e cheirosos numa bandeja. Sinto a saliva aumentar, é água na boca. A batata vem crocante, marcante. Feita na temperatura certa e com óleo novo, fica clara e ao mesmo tempo bem frita. Está seca, perfeita. Mas é ele, o bife, a estrela do prato, da mesa, do dia.

Um palmo de comprimento, um dedo de espessura, moreno por fora, rosado por dentro. Enfio o garfo e deslizo a faca, que penetra suave e me anuncia o que virá depois. Penso como um bife é infinitamente melhor que um hambúrguer e como um contra filé tem mais personalidade e firmeza que um *mignon*. Junto com os acompanhamentos ele ganha ainda mais sabor. Não vejo nem escuto mais nada. Minha atenção é toda para a carne suculenta que se desprende e se despede do restante do bife. Suculenta, sim, você mastiga, e seus dentes extraem aquele caldo bem temperado que sai de uma carne assada ao ponto.

Meu almoço está no fim. Com fruta, café expresso e gorjeta, a conta fica em R$ 12,00. Saio feliz, satisfeito, mas logo bate uma ponta de tristeza e de saudade, que rapidamente se transforma em arrependimento. Por que não mastiguei mais devagar, por que não saboreei mais?

Caminho pelas ruas do bairro e vejo que as calçadas recebem mães e filhos. A hora é do turno da tarde. Vejo várias delas se despedindo de meninos e meninas. Logo penso na minha que até hoje alerta: come com calma menino!

Por que as mães entendem tanto de filhos e de comida? Por que elas têm sempre razão?

MAIONESE E REQUEIJÃO

O lanche na escola subiu de preço, pão de queijo R$ 2,50, misto quente R$ 4,00, cheeseburger R$ 6,00.

Era o que ele queria e precisava para executar o plano. Primeiro explicou à mãe que o dinheiro não dava, com algum refrigerante gastaria no mínimo R$ 6,00 por dia, R$ 120,00 por mês. A mãe falou com o pai, os dois acharam caro e gostaram da atitude do filho quando ele disse que tinha a solução.

— É simples, vocês compram frios no supermercado e eu levo o lanche para a escola. No fim do mês, se quiserem, me repassem uns R$ 30,00, mais ou menos a metade da economia que ajudei a fazer.

— O garoto vai longe — disse o pai.

— Não sei porque tirou C em matemática — acrescentou a mãe.

Inteligente e faminto, Pedro acordava cedo e fazia os próprios sanduíches: pão de forma sem casca, duas fatias de peito de peru, duas de queijo prato, uma rodela de tomate.

Os frios alternados, uma de peru, uma de queijo, tomate no meio, uma pitada de sal, depois queijo de novo, por fim peru. Nas fatias de pão o complemento com uma camada fina de requeijão.

Esse creme pastoso e suculento tinha uma função extra: a de segurar os frios, evitando que escorregassem do pão. Depois de pronto ele embrulhava com papel laminado e acomodava na lancheira.

Os outros sanduíches seguiam uma ordem, mortadela Ceratti — a mais cheirosa — com maionese, para equilibrar uma folha de alface americana e pão preto *light*.

O terceiro e também suculento sanduíche era de salame com queijo branco, e folhas de rúcula completavam.

Pedro era o primeiro a levantar da cama e o último a sair de casa, quando pai e mãe já chegavam ao trabalho ele embarcava na perua escolar.

A lancheira aumentou de tamanho, em vez de três, agora eram seis e até oito sanduíches.

Ana, a cozinheira da casa, espiava de rabo de olho intrigada, que tanto apetite era esse? Como era possível o menino, mesmo no vigor de seus 17 anos, comer aquilo tudo? A não ser, claro... Pedro vendia os sandubas.

Um dia tomou coragem e perguntou. Pedro confirmou, exigiu segredo e mais: pediu ajuda.

A partir daquele dia, em vez de oito, eram dezesseis e até vinte! Ana ganhava um para comer durante o dia de trabalho e mais R$ 5,00 diários pelo serviço.

O menino saía carregado e tornou-se uma lanchonete ambulante. No colégio, em Higienópolis, bairro chique de São Paulo, vendia pelo menos dez sanduíches na hora do intervalo. Pedro sabia se proteger, para evitar reclamações do dono da cantina. Vendia na sala de aula, minutos antes do recreio. Sanduíche gostoso, barato e sem fila, anunciava em voz baixa.

A procura aumentava, mas Pedro tinha uma tática que ele mesmo chamava de "tempero da fome", o segredo era não atender a todos.

Com isso deixava os colegas com fome e aguçava o apetite deles para o dia seguinte. A receita era aumentar a disputa pelos sandubas. Ele guardava pelo menos dez para vender depois da aula, em escolas vizinhas do bairro.

Pedro gostava especialmente deste segundo tempo do jogo, pois fazia novos amigos e aumentava a clientela.

Todo dia ele voltava para casa com a lancheira vazia e R$ 80,00 na carteira. No caminho investia em mais frios, pães, requeijão e maionese.

Quarta-feira, dia de promoção no Carrefour, era certo.

E então Pedro aumentava a quantidade de sanduíches, e até os professores se tornaram clientes.

Era uma fase de sucesso estupendo. O jovem estava cada vez mais popular entre os colegas e também mais bonito. O dinheiro farto deu a ele tênis, óculos de sol, roupas novas e até uma tatuagem. Despertou também curiosidades: as primeiras cervejas e o primeiro baseado, só para experimentar.

Se quarta era o dia do supermercado, sexta era o dia da viagem.

Viajar ali mesmo pelas ruas elegantes de Higienópolis... ele e os colegas riam muito, zoavam muito e, acima de tudo, fumavam muita maconha.

Um dia brincaram com um motorista de táxi que não gostou e alertou a polícia.

Três dias depois... mão na cabeça. Geral. Cara na calçada. Pedro e os quatro amigos ficaram deitados no chão. O rosto grudado no concreto áspero e sujo da calçada. O medo e o coração disparado, enquanto a sola dura da bota do policial lhe apertava o pescoço.

Um dos policiais abriu o isopor dos sanduíches em busca de drogas. Despedaçou alguns e, lá no fundo, entre o requeijão e a maionese, encontrou duas trouxinhas de maconha.

Os cinco foram levados para uma rua ao lado. Pedro resistiu até o primeiro soco no ouvido, depois abaixou a cabeça, pediu desculpas, se humilhou.

Não teve coragem de olhar, mas ouviu do Cabo Alves: filhinhos de papai, burguesinhos babacas. Se eu encontrar vocês de novo mexendo com trabalhador, arrebento todo mundo. Circulando, porrrrra!

Foi mais que um susto, um trauma. Pedro se amedrontou, fumou mais, bebeu mais.

Descobriu que a renda do sanduíche não pagava o vício, visitou a bolsa da mãe e o bolso interno de um *blazer* onde o pai escondia maços de notas de R$ 100,00

De novo, apanhou da polícia, de novo teve os sanduíches e o isopor despedaçados, de novo a maconha foi levada para averiguações.

Dessa vez o soco foi no olho. O óculos que escondia o ferimento chamou a atenção de Júlia.

Ela estudava numa daquelas outras escolas, onde Pedro vendia seus sanduíches e esperava o de salame. A menina sabia que o embutido era péssimo para as espinhas, mas era também o melhor jeito de se aproximar dele.

— É você mesmo quem faz? Meu amigo já tinha me falado do seu sanduíche, amanhã você vai passar por aqui? Você pode botar um pouco mais de requeijão?

Sem saber bem porquê, Pedro voltou todos os dias, na mesma hora. Claro, passou mais requeijão. Gostou dos olhos, dos cabelos, do corpo gordinho. Deu tesão.

Disse à Júlia que ela não precisava pagar. E numa dessas tardes ofereceu um sanduíche especial, mas tinha que ser feito em casa. Então, foram para a casa do rapaz. Pedro preparou, comeram juntos. Nervoso, misturou sem querer requeijão e maionese.

Julia suspirou, achou o sabor estranho e ao mesmo tempo espetacular. Silêncio, mãos suadas. Pedro não tinha coragem de beijar, não tinha coragem de falar que queria ficar com ela. Mas Julia era mais esperta do que se supunha:

—Você quer que eu ajude a lavar a louça?

— Ha hã, concordou Pedro, agradecido pelos minutos extras.

Julia lavou, enxugou, arrumou... depois ficou. Os minutos se transformaram em horas.

Os sanduíches se repetiram. Julia engordou um pouco, a acne aumentou, a paixão nem se fala.

Julia só não gosta de duas coisas: cheiro de cigarro e bafo de álcool. Era o que faltava, e, em pouco tempo, Pedro trocou maconha e bebida por requeijão e maionese.

No último fim de semana viajou de verdade, foi para Ubatuba com a namorada e a mochila cheia de sanduíches.

SOPA DE PEDRA

Os três foram para guerra. Lutaram até onde foi possível, mataram quem deu para matar e não morreram por sorte. Voltaram derrotados, mas com a mesma esperança de serem recebidos como heróis. Uma boa pensão como ex-combatentes, de preferência para toda a vida, sendo depois estendida a filhos e netos, no mínimo. Medalhas, nome de rua ou de escola também seriam justas homenagens que os três aceitariam e agradeceriam em inúmeras entrevistas à imprensa e nos encontros com os chefes de governo. Antes disso, seria preciso encontrar alguns assessores para organizar a agenda e evitar os atropelos da fama.

Eles só não imaginavam que o país era hoje uma terra arrasada e o dono, claro, era justamente o inimigo. A aldeia para onde voltavam agora, o local em que nasceram e passaram toda a vida, tinha se tornado terra estrangeira. Das casas, nada sobrou; das famílias, ninguém sabia; dos amigos, nem sinal.

O medo das hostilidades era grande e o trio se olhou com medo sabendo que uma nova guerra podia estar só no início. No máximo, teriam a compaixão e amizade deles mesmos. *Um por todos, todos por um*, pensaram sem dizer. Nem precisava.

Sem lugar para ficar e com medo de pedir ajuda ao inimigo, os três dormiram no banco da praça. O mais velho acordou com fome e uma ideia.

— Que tal uma sopa?

Os outros dois pensaram que o estômago vazio já mexia com cérebro do amigo, mas não tiveram tempo ou vontade de retrucar.

— Sim, sei que não temos dinheiro e nem amigos, mas falo de uma novidade. Prestem bem atenção: uma sopa de pedra!

Mesmo com toda a amizade e respeito ao antigo capitão, era difícil suportar este tipo de idiotice e numa hora tão imprópria.

— Ora, por favor, poupe-nos.

Mas ele estava decidido.

— Prestem atenção que é simples. Primeiro a gente anuncia: no domingo, não percam, a última novidade da gastronomia mundial será servida de graça a todos os moradores da Aldeia. É a Sopa de Pedra. É de graça e quem quiser pode trazer toda a família.

O silêncio dos outros dois era ainda mais enigmático.

Ele aproveitou a pausa.

— É fácil, vamos recolher aquelas pedras grandes do jardim da praça, lavá-las, bem lavadas. Depois enquanto fazemos os convites de porta em porta pedimos uma panela. É preciso nos dividir. Eu preparo uma grande fogueira aqui na praça. Você vai até a igreja, diz que a sopa é uma promessa e pede uma panela grande, a maior que houver. E você providencie a alimentação. Um dia depois de anunciarmos a boca livre, vá de porta em porta e diga o que eu mandar.

Este último teve vontade de sumir, mas como soldado que ainda era, respeitou a hierarquia.

— Diga assim: olá, eu sou o cozinheiro da sopa de pedras. O fogo já foi aceso e você é nosso convidado. Peço a sua ajuda com um pouco de batata que é para engrossar o caldo... Depois vá ao vizinho, repita o convite e diga: necessito de um pedaço de carne que é para dar gosto. Na casa seguinte, diga que as pedras já estão se dissolvendo e que agora é hora de acrescentar sal, arroz e um pouco de feijão, quem sabe uma pequena quantidade de alho e pimenta. Se houver óleo ou manteiga, também serve.

A aldeia tinha no máximo cem casas. Depois que o primeiro fez a doação, a notícia logo se espalhou. Quem deu batata, colaborou também com abóbora, inhame e beterraba.

— É para dar cor — acrescentou com um sorriso.

O pastor que recebeu o pedido da carne explicou constrangido que as ovelhas estavam muito magras, mas surpreendeu:

— Meu filho, leve as galinhas que só me dão despesa e com essa guerra pararam de botar ovos.

Só desta casa veio uma granja. O vizinho do pastor se animou, dando um leitão gordo e colhendo da horta couve, acelga, espinafre, batata doce e cenoura. O soldado recebeu ainda um carrinho para acomodar os mantimentos e levá-los até a praça.

De uma hora para outra, a aldeia estava mobilizada. Faltava um dia para o banquete. As mulheres escolhiam as melhores roupas, os homens só falavam da boca livre e as crianças, que normalmente não gostam de sopa, estavam ansiosas. A panela era gigantesca e, com o volume crescente de doações, mais quatro ou cinco apareceram. A comunidade reuniu-se para ver. Gente simples, tímida, que ouviu o capitão ditar as ordens.

— Muito bem, todos podem ver, mas é preciso fazer uma fila e cada um só pode ficar cinco segundos em frente às panelas.

Todos esticaram o pescoço para ver. Lá no fundo, pedras grandes brilhavam na fervura enquanto os ingredientes eram despejados sem cerimônia. Uma enorme colher de pau mexia a mistura.

Todos perguntavam como as pedras iriam se dissolver, que gosto tinham, se não era perigoso e se as pedras tinham algum poder transcendental.

À todos o capitão respondia:

—Tenham calma. O apressado come cru e quente!

Quando já era madrugada, o capitão ordenou aos dois soldados:

— Você, distraia os curiosos que vou executar a segunda parte do plano.

E ao outro subordinado:

— Vá até aquele canto e abra um buraco largo e fundo.

Meia hora depois, quando o aroma anunciava que a sopa começava a ficar no ponto e os curiosos ouviam uma explicação detalhada do soldado sobre os benefícios nutricionais da novidade, o capitão retirou os pedregulhos. Eram pelo menos oito pedras grandes, que foram imediatamente enterradas. Enquanto isso, o capitão voltava ao comando das panelas, com o semblante compenetrado do mais ilustre chefe de cozinha que o mundo podia ter. O sino da igreja tocou ao meio-dia daquele domingo, e pela primeira vez depois da guerra a população se confraternizou e saboreou a inédita mistura. Foi uma festa inesquecível, que só terminou na madrugada de segunda-feira com muita música e alegria. A todos, o capitão e seus dois ajudantes explicaram que o segredo da receita era concentração, sabedoria e disciplina.

Quem podia duvidar? Se os homens transformaram pedras no mais delicioso alimento provado e aprovado por aquelas bandas, do que não seriam capazes?

Foi assim que os três soldados famintos, miseráveis e derrotados se tornaram os reis da aldeia esquecida que nem os vencedores da guerra tinham interesse em dominar.

P.S.: Durante muitos anos contei essa história às minhas filhas Lorena e Luisa. No início, era para chamar o sono. Mas crianças gostam da repetição e *A Sopa de Pedra* foi contada e recontada em muitas noites. No máximo, mudava os ingredientes, a praça ganhava jardins, o capitão se apaixonava por uma viúva, o soldado se tornava professor... Quando elas estavam maiores, transformei a pedreira da aldeia em restaurante popular. Mesmo quando havia outras histórias, era com ela, *A Sopa de Pedra*, que eu encerrava a noite. Despedia-me de minhas duas filhas, e, como elas, dormia muito feliz.

INFORMAÇÕES SOBRE NOSSAS PUBLICAÇÕES
E ÚLTIMOS LANÇAMENTOS

Cadastre-se no site:

www.novoseculo.com.br

e receba mensalmente nosso boletim eletrônico.

novo século®